Vallende vrouw

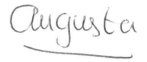

Karin Spaink
Vallende vrouw

Autobiografie van een lichaam

Van Gennep Amsterdam 1995

Eerste druk november 1993
Tweede druk december 1993
Derde druk januari 1994
Vierde druk februari 1995

© 1993 Karin Spaink voor Passie Beheer/Uitgeverij en boekhandel Van Gennep bv, Spuistraat 283, 1012 VR Amsterdam
Boekverzorging en omslag: Hannie Pijnappels, Amsterdam
Foto omslag: Bert Nienhuis, Amsterdam
Zetwerk: Ad Rem Tekst, Amsterdam
Druk: Drukkerij Ten Brink Meppel bv, Meppel
Bindwerk: Kramer Boekbinders bv, Apeldoorn
ISBN 90-6012-896-4 / NUGI 300 / CIP

Inhoud

Deel 1
Zeemeerminnen op aarde 11
Een gat in het bastion 15
Dertig 19
Kortsluiting en lijm 26
De macht van woorden 34
Buitenstaanders 38
Tweeduizend ziek per maand 42
Huizen 44
Hellend vlak 47
Wedstrijden 53
Een stok is een kruk 57
Kuren 60

Deel 2
Denken en doen 71
Beginnersgeluk 81
Een stok achter de deur 85
Testen 90
Het lichaam als kletskous 95

Deel 3
Binnenstaanders 105
Op eigen wielen 112
Spook met taartjes 117

Strafbaar en slapeloos 121
De Berlijnse stoel 124
Haat en hekel 134
Rock 'n roll 139
Ziektewinst 143
The Cheshire Cat spreekt 148
Aardbevingen in Tilburg 152
Trokken wij ten strijde, met vlammende pen 159
In vrije val 166
Faraday's netwerk 174

Epiloog 179
Verantwoording 185
Adressen en informatie 187

You're walking.
And you don't always realize it,
but you're always falling.
With each step you fall forward slightly
and then catch yourself from falling.
Over and over, you're falling
and then catching yourself from falling.
And this is how you can be walking and falling
at the same time.

LAURIE ANDERSON *Walking & Falling*

Was mich nicht umbringt macht mich stärker
Es tanzt, das ZNS
Tanz das ZNS
Sag auf Wiedersehen, sag auf Wiedersehen,
sag auf Wiedersehen, sag auf Wiedersehen
zum Nervensystem

EINSTÜRZENDE NEUBAUTEN *ZNS*

Deel 1

Zeemeerminnen op aarde

Hoe wreed kan religie zijn. Honderden sprookjes heb ik gelezen, en de enige twee waar ik als kind droevig van werd en die me na elke lezing nog dagenlang in een waas van melancholie gewikkeld hielden, waren beide van Hans Christian Andersen, een streng-christelijke auteur die naast prachtige sprookjes ook onbenul schreef. Bijvoorbeeld over hoe Kleine Hans – eveneens aangeraakt door gods hand – de dag prees, een hele week lang. Zeven paragrafen achtereen bejubelde Kleine Hans het kleine daagse geluk. Zelfs in mijn kinderogen, die toch alles verslonden wat op letters leek, was dat saaiheid troef. Van alledaagsheid houd ik niet.

Die andere twee, de bewuste twee, staan in mijn geheugen gegrift. In *De rode schoentjes* wordt een meisje hels gestraft voor haar vermeende ijdelheid: ze verlangt naar de rode schoentjes die haar vader, een arme schoenmaker, voor een rijk leeftijdgenootje heeft gemaakt, en als de adellijke telg voortijdig overlijdt mag zij ze aantrekken. De schoentjes staan prachtig, maar willen dansen – dansen, altijd maar dansen. Het meisje moet met haar schoentjes mee, of ze wil of niet, en danst dag en nacht. Ze krijgt geen slaap, geen eten, geen rust, geen moment. Radeloos smeekt ze tenslotte de plaatselijke beul om haar haar voeten af te hakken. Nog altijd kan ik me moeiteloos het plaatje voor de geest halen uit het sprookjesboek dat mijn moeder aan de deur bij de bladenman van de Geïllustreerde Pers had gekocht: een meisje in tot lompen gedanste kleren, met rode schoentjes en strikken om haar enkels, haar hoofd gebogen, haar haren in de war, haar armen in een smeekbede geheven naar de beul die op zijn bijl leunt.

Gruwelijker, want mooier nog, was *De kleine zeemeermin*. De zeemeermin woont op de bodem van de zee met haar elf zusjes en haar vader, de koning van de zee. Ze speelt met vissen, schelpen en wier, heeft een zeetuintje, is levenslustig en gelukkig. Maar ze verlangt naar boven – terra incognita, en verboden. Zeemeerminnen mogen pas omhoog wanneer ze meerderjarig zijn. En zo krijgt onze zeemeermin, die de jongste dochter is, elk jaar nieuwe verhalen te horen van weer een zuster die het maanlicht heeft mogen aanschouwen, die zich op de golven heeft laten wiegen en de sterren heeft gezien. Eindelijk is ook haar tijd aangebroken – ze mag! Boven blijkt wonderschoon, en elke nacht laaft ze zich opnieuw aan sterren, maan en wind.

Op een nacht hoort ze een onbekend geluid dat haar diep ontroert – ze zwemt er naartoe, op zoek naar de oorsprong van het vreemde, en ziet een schip. Opgetuigd, versierd, met lichtjes en vol dansende, feestende mensen; ja zelfs vuurwerk ziet ze, wat even nieuw voor haar is als de muziek die haar heeft gelokt. En een prins... Ze verliest op slag haar hart. Vlak na haar hart wordt ook het schip door de bliksem getroffen. Het schip breekt en zinkt. Nog net weet ze de prins te redden en aan land te brengen, waar hij door haar gezang een kort moment ontwaakt. Hij slaat zijn ogen op en ziet haar in een flits voor ze weer in het water moet verdwijnen. Diep ongelukkig dwaalt ze in haar zeetuintje, en waar ze ook zwemt ziet ze zijn gezicht. Hij... alleen hij. Ze kwijnt weg, haar levenslust verdort. Dan besluit ze naar de zeeheks te gaan om raad. Die wil haar in ruil voor haar tong wel een drankje verkopen dat haar staart zal doen splijten zodat ze benen krijgt. Er is één maar, afgezien van die tong: ze zal haar zeemeerminnenziel verliezen en zal dan niet, als de anderen, na haar dood tot schuim kunnen wederkeren. En wanneer de prins een ander trouwt zal ze ter plekke doodvallen.

De zeemeermin zet door. Ze levert haar tong in, krijgt het flesje, zwemt naar de kant, drinkt en valt flauw. Wanneer ze wakker wordt ziet ze haar nieuw verworven benen, krabbelt overeind en probeert voor het eerst in haar bestaan te lopen. De zin die dan volgt ben ik nooit vergeten: *En bij elke stap was het alsof duizend messen door haar voeten kliefden.*

De prins ziet haar, vindt haar mooi, noemt haar liefkozend »mijn stommetje« en blijkt al maanden op zoek naar haar die hem wakker zong. Maar omdat haar stem haar ontbreekt kan ze zich niet bekend maken, en ze moet met pijn in het hart aanhoren hoe de prins op het punt staat bij gebrek aan haar een ander te trouwen. Een schip reist met prins, ex-zeemeermin en koninklijk gevolg af naar de prinses van de overkant. Op een nacht tijdens die reis, als de ex-zeemeermin stilletjes op het dek staat te treuren en haar naderende dood overpeinst, duiken opeens haar zusters op. Met korte haren en met een dolk. Ook zij hebben de zeeheks bezocht en ze hebben hun haren weten te ruilen voor een wapen; als de zeemeermin de prins daarmee doodt, wordt ze weer een van hen en mag ze later tot schuim vergaan.

Na enig aarzelen neemt ze de dolk aan. Na een hevige tweestrijd steekt ze hem in haar eigen borst in plaats van in die van de prins. Ze sterft – maar juist dan dalen de hemeldochters neer en nemen haar op. Wegens haar vergaande goedheid en opofferingsgezindheid mag ze één van hen worden, een aspirant-engel als het ware: de hemeldochters moeten eerst zevenhonderd jaar dienen voordat ze tot het gilde der engelen mogen toetreden. En voor elke keer dat een mens een traan laat om iets wat een ander mens hem of haar aandoet, komt er een jaar bij die zevenhonderd; voor elke lach die iemand op het gezicht van een ander weet te toveren, gaat er één enkele dag af.

De onrechtvaardigheid van dat aspirant-engelschap griefde me diep. Moest dit nu een gelukkig einde voorstellen? Dit was toch een sprookje? Een jaar extra voor elke traan, een dag minder voor een lach, daar was geen beginnen aan... Een uit de hemel gezonden Sysiphus-beloning. Het sprookje bracht me telkens weer aan het huilen, en zo bezorgde Hans Christian Andersen via mij zijn zeemeermin keer op keer extra huiswerk.

Pas toen ik het sprookje laatst opsloeg om iemand deze wreedheid voor te lezen, ontdekte ik dat ik het in mijn kinderontzetting erger had gemaakt dan het al was. Een traan leverde slechts één dag nablijven op, een lach scheelde meteen een jaar. Maar toch, hemelse dwangarbeid blijft het.

Ik verlang niet naar boven, zelfs niet nu de grond onder mijn voeten wankeler en onbekender is dan ooit tevoren. Ik draag alleen soms een zeemeerminnenstaart.

Een gat in het bastion

Op straat kijk ik naar mensen. Naar hun bewegingen, hun gezichtsuitdrukkingen, naar hun kleding, hun aantrekkelijkheid. In de herfst van 1986 zag ik ze ineens niet meer zo goed; hun gezichten werden vaag, raakten ongedefinieerd.

Na een week besloot ik met enige schroom de huisarts te raadplegen. Diep in m'n hart voelde dat als aanstellerij. De huisarts keek met spiegeltjes en lantaarntjes in mijn ogen, zag niets bijzonders, en viel terug op de klassieke opticien-test. Hij wees de grootste letters aan; dan kon het alleen maar meevallen. Ik keek, en zag tot mijn ontzetting zijn *hand* niet eens. Op weg naar huis, naar bescherming, naar troost, naar mijn geliefde, heb ik een tramrit lang gehuild.

Diezelfde middag nog zat ik in de polikliniek van een ziekenhuis en deed daar een andere test: lichtjes binnen een halve bol zien terug te vinden. Dat bleek mijn vermogens ver te boven te gaan. Gespannen tuurde ik naar het midden van de bol en zocht naar lichtjes die zich maar niet wilden vertonen. Elk lichtje dat ik ontdekte was een pak van mijn hart. Bij elk »nee... nee...« moest ik me beheersen om niet wild te zoeken, ongrijpbaar licht met mijn ogen na te jagen. De specialist schrok en verwees me naar een ander. In allebei mijn ogen zat een groot gat vol flitslicht rondom het midden.

Een week lang heb ik elke dag de oogkliniek van de VU

bezocht, in een lichte staat van paniek, omdat ik elke dag slechter leek te zien en van onderzoek naar onderzoek werd gestuurd, afgewisseld met veel koffie drinken en beteuterd wachten in grote ziekenhuishallen. De onderzoeken leverden niet veel op, behalve dat ze me keer op keer inpeperden hoe slecht ik eigenlijk zag.

Wat me nog de meeste schrik aanjoeg was het moment waarop er vier artsen om me heen stonden die elk een andere verklaring aandroegen voor wat inmiddels een halfblindheid was. Artsen had ik altijd een zekere deskundigheid toegekend, maar dit leek meer op lukraak gissen. Ze deden examen op mijn ogen, ik was multiple choice. En niemand die met enige overtuiging een hokje aankruiste. Bovendien hadden ze geen gevoel voor humor. »Heeft u soms in een fel licht gekeken?« vroeg een arts me na het afronden van weer een onderzoek. »Ik doe hier de hele week al niet anders,« zei ik, vastgeklemd tussen een hoofdsteun en een eng apparaat dat op mijn oogbol rustte, mijn oog tranend van lampen en van niet kunnen knipperen, mijn pupillen groot van angst en belladonna. Hij kon het niet waarderen. Grappen over in het duister tasten hield ik, wijs geworden, de rest van die week voor me.

De krant kon ik inmiddels alleen nog lezen met behulp van een vergrootglas; als ik naar de bovenrand van de loep keek, kon ik het middendeel net ontcijferen. Thuis deed ik niets meer, behalve een beetje tv kijken en rondhangen. Mijn Engels was goed genoeg om het zonder ondertiteling te kunnen stellen.

Op straat voelde ik me verdwaasd, overvallen door chaos. Het buitenlicht deed zeer aan mijn ogen. Ik droeg een zonnebril in oktober en voelde me zot en bang. Oversteken werd een ramp. Auto's, fietsers en voetgangers verschenen en verdwenen zo plotseling in mijn blikveld dat ik al gauw nauwelijks in mijn eentje naar buiten durfde.

Aan het eind van de week bedacht een heldere geest een nieuw onderzoek. Elektroden op mijn hoofd, een tv-toestel met een testbeeld dat eruit zag als een verspringend dambord ervoor, twee sessies met telkens één oog afgeplakt. Hij kwam met het verlossende woord: een ontsteking aan de centrale oogzenuw. Neuritis retrobulbaris – zo'n term blijft je ondanks zijn betekenisloosheid natuurlijk meteen bij. Hij tekende zijn uitleg. Gekruiste zenuwen tussen hersenen en ogen, en dáár zat het. Nee, hoe het kwam wist hij niet, dat viel niet te zeggen, ja god hoe komt een mens aan een ontsteking, maar het zou vanzelf wel weer overgaan. Ik had hem bijna gezoend. De gedachten aan de folders en affiches van de slechtzienden-verenigingen, die overal in de polikliniek verspreid waren, zette ik uit mijn hoofd. Ze meenemen had ik niet gedurfd.

En warempel, het gíng over. Vijf weken later was ik met Jos, mijn geliefde, bij een vriend op bezoek. Plotseling begon het te dansen voor mijn ogen: dat dambord weer, maar nu in een mierenhoop-versie. Het gekrioel duurde tien minuten, en na afloop daarvan zag ik een stuk beter. Na een week was alles weer bij het oude. Ik kon *zien*. Ik zag *alles*. Als de zeemeermin keek ik verbaasd om me heen: zag de wereld er zó uit? Wat scherp! Wat prachtig! Ik bewonderde zelfs de reclameborden op het Leidseplein. En een prins had ik ook al.

Mijn wonderbaarlijke genezing was net op tijd. Ik was aangenomen in een nieuwe baan en moest daar hard studeren, opgejaagd door Volmac die me de beginselen van de automatisering zou bijbrengen. Ik kon nu weer gewoon lezen. Gaandeweg vergat ik de affaire. Soms dacht ik er enigszins onbehaaglijk aan terug als aan een volstrekt onbegrijpelijke episode. Dat zoiets belangrijks zo makkelijk kapot kan gaan...

Mijn studie ging goed. Volmac beloonde dat met een diploma en nu mocht ik écht programmeren, zelf kleuteren met mini-programma's. Voor een steekproefprogramma heb ik nog een random-generator gebouwd die goochelde met tijd en datum en via een prachtige rekenformule eindeloze lijsten met quasi-toevallige getallen uitspoog. Ook handig voor mijn vader, dacht ik; die programmeerde spelletjes als hobby, en zo kon hij dobbelstenen laten rollen. En die vliegtuigen, daarboven, die van onze nationale trots, daar heb ik aan meegeholpen. Eindeloos was mijn bewondering wanneer ik in de montagehal op Schiphol liep, dat mocht altijd even als we bij het computercentrum daar een programma in produktie kwamen geven: dat die logge, loodzware en immens grote dingen konden vliegen zonder te vallen vond ik een godswonder. De hemeldochters van Fokker. En ik lachte.

    's Avonds was ik telkens weer bekaf. Het nieuwe werk, hielden Jos en ik mijzelf voor. Voor het eerst had ik een full-time baan (»Ach,« zei mijn vader laconiek, »miljoenen zijn je voorgegaan,« en dat was waar). En als dame wilde ik me natuurlijk extra bewijzen in wat toch een mannenclub was. Ik was pas de derde vrouw op de afdeling. Van schrijven – wat ik al jaren deed – kwam niets meer terecht. Te moe. Maar dat zou wel weer bijtrekken.

Dertig

Na een forse griep, een jaar na het blinde gat in mijn gezondheid, ging het fout.

Ik bleef een week ziek thuis. De verkoudheid zakte af, de koorts was verdwenen en ik wilde weer aan het werk. Op de weg tussen station en kantoor slingerde ik enigszins, ik had een dronkemansgang. Het leek alsof mijn evenwicht kuren vertoonde, en ik dacht: die griep heeft er flink ingehakt. Na de lunchpauze liepen we terug naar onze eigen vleugel. Onderweg zakte ik langzaam in elkaar. Mijn collega's dachten dat ik flauwviel – maar het was pure krachteloosheid. Ik kon mijn lichaam niet overeind houden, ik was een marionet waarvan de touwtjes waren geknapt. Finaal óp. Twee uur later kon ik nog steeds niet op mijn eigen benen staan, mijn knieën zwikten zoals ik dat alleen maar kende van mijn enkels toen ik vroeger met onderbinders op het ijs krabbelde. Tussen de bedrijfsarts en de dito verpleegster in hangend werd ik naar de auto van een collega gesleept die me naar huis bracht. De huisarts stuurde me de volgende dag door naar de afdeling neurologie van de VU. Hij gaf me een briefje mee met daarin een verwijzing naar die blinde vlekken van een jaar eerder. Vreemd vond ik dat.

In de weken daarna gingen er steeds meer dingen mis. Ik werd bij vlagen zeeziek op een stoel zodat ik me vasthield aan de leuningen omdat ik dacht anders zittend om te zullen vallen. Ik was voortdurend zo moe dat ik zelfs mijn hoofd niet goed meer overeind kon houden, het knikte naar achteren, en al mijn nekspieren raakten overbelast. In mijn rechteroog kwam weer diezelfde blinde vlek terug, kleiner godlof, maar toch. Ik had tics in spieren waarvan ik het bestaan niet kende, tics die voelden alsof mijn duim of bovenbeen de hik had. In de binnenkant van mijn schedel, schuin boven mijn linkeroor, zat een plek die prikkelde alsof de huid van mijn hersenen zich samentrok: kippevel in mijn hoofd. En ieder gesprek putte me zo volstrekt uit dat ik mijn toevlucht nam tot fluisteren. Na tien minuten luisteren viel ik terug op lukraak ja of nee knikken, ik begreep niet meer wat men mij probeerde te vertellen en kon de kracht niet opbrengen hun woorden aandacht te geven. Als ik de afwas had gedaan, moest ik twee uur slapen om bij te komen. Ik woonde op een matras in de huiskamer en sliep de halve dag.

Met Jos probeerde ik af en toe de stad in te gaan. Terwijl ik op adem probeerde te komen in een platenwinkel waar Jos gewoontegetrouw aan het schuimen was, kreeg ik ineens een steek in mijn hoofd. De steek volgde een baan die dwars door mijn rechteroog schoot tot rechts onderin mijn schedel. Snerpend – scherp – snijdend – scheelmakend – en zo afgebakend en nauwgezet aan te wijzen dat het een pijl leek die ik niet los kon trekken. Met de minuut werd het erger. We gingen meteen naar huis; in de tram jammerde ik van de pijn. Jos legde me in bed en belde de huisarts, die gelukkig weekenddienst had. Ik bonkte met mijn hoofd op het kussen, ik trappelde en schopte, zocht mezelf pijn te doen om afleiding te vinden van die messen in mijn hoofd. De huisarts hield mijn hand vast en kon niets doen. Na een paar uur werden de messen eindelijk bot en viel ik uitgeput in slaap, in Jos z'n armen.

Twee maanden later mocht ik naar het ziekenhuis – pure opluchting. Eindelijk onderzoek, verzorging, controle, hulp, en bovenal redding en duidelijkheid. Daar zouden ze kunnen zeggen wat er aan de hand was. Toch? Voorlopig niet. Ik ging van het ene onderzoek naar het andere en wachtte gespannen af. Mijn ogen werden getest, mijn oren, mijn reflexen, mijn urine; ik werd gefotografeerd en geprikt, en toen de testen ingewikkelder werden heetten de foto's en prikken die ik kreeg opeens scans en puncties. Mijn spieren werden onder stroom gezet, mijn hersenen doorgemeten, ik deed evenwichtstesten, werd horizontaal in een stoel gegespt en draaide daarop rond met warm water in mijn oor. Ik werd ontrafeld in duizend functies die elk apart in kaart werden gebracht.

De zaalarts maande me tot rust. De onderzoeken leverden niet veel op zei hij, alles was goed behalve dat oog, en hij begon de klassieke bezwering dat ik last had van stress en dat ik me heus beter moest beheersen en ontspannen. Was ik soms overwerkt? Hoe beviel mijn baan? Hoe was de verhouding tussen mij en mijn geliefde? Was ik tevreden met mijn leven?

We werden over en weer kribbig, hij en ik. Ik hield vol dat ik last had van stress maar dat zulks gezien de situatie een uiterst gezonde reactie was. Hij hield vol dat stress de oorzaak van mijn problemen was; ik kende mezelf goed genoeg om te weten dat ik op onhanteerbare spanningen niet reageer met spiertics, vlagen van zeeziekte of verlammende vermoeidheid. Hij wilde dat ik me mijn klachten uit het hoofd zette, ik verdedigde ze met hand en tand. Hij wilde me mijn ziekenhuisbed uit hebben, ik klampte me eraan vast. Hij viste naar angsten voor bepaalde ziekten, ik hield me stoer. Hij bezwoer me dat ik niet bang hoefde te zijn voor een tumor, maar dat was ik niet.

De dag dat tot opname besloten werd, schoot het onverklaarbaar door me heen: volgens mij heb ik ms. Een ziekte waar ik niets van wist, behalve dat Renate Rubinstein het had en dat er een paar jaar geleden gedoe was geweest over het sluiten van een afdeling in een Nijmeegs ziekenhuis waar ze onderzoek naar die ziekte deden. In een flits dacht ik het, en vertelde dat alleen aan mijn moeder toen we terugreden van het bezoek aan de polikliniek. »Het zal wel meevallen,« zei ze bemoedigend. We kochten samen een pyjama voor in het ziekenhuis – ik had er geen – en die middag viel ik terwijl ik de huiskamer overstak pardoes op de grond. Mijn knieën klapten zonder waarschuwing dubbel. Ik krabbelde overeind en we keken elkaar ongerust aan. »Nog eventjes,« zei mijn moeder, »dan mag je naar het ziekenhuis.«

Ik was bang voor multiple sclerose, maar durfde de zaalarts dat allang niet meer te vertellen uit angst hem het definitieve bewijs voor mijn hypochondrie in handen te spelen.

In de loop van ons twee weken durende gevecht om klacht versus mens veranderden de zaalarts en ik van rol. Ik werd de leeuw die van haar circusbed af moest, hij de dompteur. Hij knalde met de zweep, ik grauwde. Het kwam zover dat ik opgelucht was wanneer onderzoeken slechte uitslagen te zien gaven. Dan *moest* hij mijn klachten wel serieus nemen en zijn stress-verhaal opgeven.

Ik trok me terug op mijn bed. Uit moeheid, maar ook

omdat het mijn enige veilige, want vaste punt was in het ziekenhuis en in de wirwar van onderzoeken en panische gevoelens. Ik herinner me mijn ontzetting toen ik na fysiotherapie – rustig-aan kleuteroefeningen doen in het zwembad – niet in staat was om overeind te komen uit de rolstoel waarmee ik werd teruggebracht naar de zaal en op de zitting terugplofte; toen ik zag hoe de doperwtjes van mijn vork trilden omdat ik mijn hand niet stil kon houden; de verwarring toen mijn been opeens spastische tics kreeg en het terwijl ik erop stond plompverloren begon te wiebelen. Afgrijzen en wijdopen verbazing. Ik schrok van mijn eigen lichaam. Al die kleine dingen die zo volstrekt normaal waren – overeind komen wanneer je wilt opstaan, je been stil hebben omdat je het niet beweegt, je hoofd rechtop kunnen houden – bleken verbroken. Mijn lichaam deed sommige dingen helemaal vanzelf, andere dingen weigerde het zonder opgaaf van reden. Er was opeens ik, en er was mijn lichaam. Ik viel in tweeën.

Pas jaren later vertelde mijn moeder me dat ze de eerste keer dat ze me in het ziekenhuis was komen opzoeken, vreselijk overstuur was geraakt door hoe ik eruit zag. Ik had daar zo ineengedoken in bed gelegen, smalletjes in een van de weeromstuit immens groot ziekenhuisbed, dusdanig vaal van uitputting dat ik bijna even wit zag als de lakens, fysiek volstrekt ontregeld en bovenal slap en mat, dat haar verstand erbij stilstond en ze het hele bezoekuur lang alleen maar had kunnen denken: »Ze gaat dood, ze gaat dood, o god mijn kind gaat dood...« De hele weg naar huis, een uur rijden verderop, had ze gehuild.

Op de afdeling waren mensen die ms hadden. Ik hoorde ze uit en zag mijn vage vermoedens vorm aannemen. Ook problemen met hun ogen. Ook zo moe. Dertig was trouwens de leeftijd waarop het gemiddeld begon vertelden ze ongevraagd, scheutig met informatie wegens mijn belangstelling. Ik zag ze met hun stokken, met hun rolstoelen, met hun elektrische wagentjes, en keek met nieuwe ogen naar ze. Een van hen was een vrouw van zestig die bij mij op de kamer lag, statig in haar invaliditeit: ze bewoog zich zo aristocratisch op haar scootertje door de ziekenhuisgangen dat ik haar de Hertogin ging noemen. Ze had een infuus met een kraantje aan haar pols en was hartverwarmend. Haar man was er tien jaar geleden vandoor gegaan met de gezinshulp.

In het ziekenhuis werd ik dertig. Mijn bed werd versierd en ik kreeg cadeautjes.

De nacht aansluitend op mijn verjaardag stond ik in brand. Ruggelings. Langs mijn nek, mijn rug, de achterkant van mijn armen en mijn benen liepen lange vurige strepen, alsof ik gestriemd was door te felle zon. Ik kon niet liggen en kon geen lakens op mijn huid velen. Brandende banen die ik nauwgezet kon traceren, kerfden zich een weg; de plaatjes uit het anatomische boek dat mijn vader in de kast had staan, kwamen vlammend tot leven. De zaalarts woof mijn achterbrand de volgende ochtend weg. Maar gefeliciteerd nog met je verjaardag, zei hij.

Vlak daarna kwam het laatste onderzoek: de MRI-scan, die toen nog NMR heette. Met magneten worden de watermoleculen in je lichaam gericht en als de magneet uit gaat, draaien ze langzaam in hun normale positie terug. Door het verschil in draaisnelheid van de verschillende moleculen zijn sterk gedetailleerde weefselopnamen mogelijk. Ik ging op een schuifbank in de scanner, een grote imposante koker: mijn hoofd moest op de foto. Een half uur lang lag ik stil in een onderzeeër; het geluid van de magneten – of van de gigantische sluitknoppen van ingewikkelde camera's – klonk als de duikboot van Jacques Cousteau uit de natuurdocumentaires van vroeger.

Bij het bespreken van de uitslag van de scan draaide de zaalarts plotseling geheel om. Had hij eerder nog gemeld dat de uitslag van de ruggemergprik in orde was, ik moest me heus geen zorgen maken, nu bleken daar toch allerlei vreemde, want te hoge waarden uit gekomen te zijn. Teveel eiwit zus, teveel iets anders zo. Ja, dat kwam omdat op de scan toch iets te zien was geweest, legde hij uit, bereidwillig ineens: vage witte plekjes, nee daar kon hij verder niets over zeggen, dat zag je wel vaker bij sommige ziekten. Ik was zo overdonderd door die combinatie van vals gebleken geruststelling en onheilspellende berichten, dat ik niet verder vroeg. Ik hád helemaal niet van hem willen winnen. Ik hield de hand van mijn geliefde vast. Ik mocht met hem mee naar huis. Controle over een maand. En goed uitrusten.

Alsof ik iets anders kon.

Kortsluiting en lijm

De week na mijn ontslag uit het ziekenhuis, rond nieuwjaar, logeren Jos en ik bij vrienden. Ik zit of lig de hele dag op de bank; af en toe bespreken we hoe het nu verder moet met mij. We heffen het glas terwijl buiten het vuurwerk knalt. Het is 1988. Ik voel me even bejaard als de eeuw.

Ina vertelt dat ze lovende verhalen heeft gehoord over een vrouw in een naburig dorp, een voetzoolreflex-therapeute. Ik kan het woord niet eens uitspreken, ik verhaspel de lettergrepen van moeheid. Aan alternatieve therapeuten hecht ik weinig waarde; er blijft zelden iets overeind van hun stellige uitspraken wanneer die aan fatsoenlijk onderzoek worden onderworpen. Verder ben ik wars van hun hocus-pocus en werken ze vooral op mijn lachspieren – hoe ik ook mijn best doe, ik kan ze niet werkelijk serieus nemen. Dat zeg ik Ina. Maar ja, de specialisten hebben me ook nauwelijks wijzer kunnen maken, dus wat heb ik te verliezen, houdt ze me voor. Dat is ook weer waar. Mijn behoefte om te weten wat er aan de hand is met dit mijn lichaam is dermate groot dat ik uiteindelijk, zij het halfhartig, een afspraak maak met de voetenmevrouw. Ik doe dit nu wel maar ik geloof er voor geen cent in. Waarom doe ik dit? Stel dat ze met een diagnose komt, zou ik me daar dan op verlaten?

Ina rijdt me er de volgende dag in de auto naartoe. Een mevrouw, midden veertig, doet de deur open en geeft me een hand. Wij dienen een lange trap te bestijgen vooraleer we de onderzoeksruimte kunnen betreden. Grauw kom ik boven, uitgeteld ga ik op een bank liggen. Wat eraan scheelt, vraagt ze me; ik som de waslijst aan symptomen op en schrik er zelf van. »Wat denk je zelf dat je hebt?« vraagt ze. Als ik dát wist was ik hier überhaupt niet verschenen, denk ik bij mezelf, en zeg neutraal »geen flauw idee«. Wat de artsen ervan denken, wil ze weten; ik herhaal mijn vorige antwoord. Ik weiger haar meer informatie te geven dan mijn inventaris aan klachten: ik wil haar interpretatie van mijn reflexen niet beïnvloeden door haar gratis voorkennis te geven over afwijkingen op scans, in ruggemergvocht en in geleiding van de oogzenuw. Ze zal haar kundigheid uitsluitend op basis van mijn voeten moeten bewijzen.

Ze kijkt me diep in de ogen. (Ze doet ook aan iriscopie, zegt ze.) Ze zet rustige muziek op en haalt warme handdoeken, neemt plechtig aan mijn voeten plaats. Zodra ik merk dat een bepaalde plek pijnlijker of kriebeliger voelt dan andere moet ik dat melden, legt ze me uit. Ze bevoelt mijn voeten. Ze masseert, ze trekt, ze duwt, ze wrijft, ze vertelt met zachte stem over meridianen en knopen, over de banden tussen organen en punten op de voet. Haar massage voelt weldadig maar tegelijkertijd werkt haar gedrag vreselijk op mijn lachspieren; haar hele theatrale act valt in het water onder mijn openlijk tentoongespreide skepsis. Dat je gevoelige plekken in iemands lichaam op deze manier kunt signaleren wil ik desnoods geloven, zeg ik haar, ik kan me voorstellen dat een kwaal zich op meer plaatsen manifesteert, maar hoe weet je dan wát er precies aan de hand is? En hoe kun je nu in hemelsnaam via een massage van die voeten die organen weer op orde brengen? Alsof je een lamp aandoet om het vallen van de nacht tegen te gaan... Ze schuift ongemakkelijk op haar stoel en haar bemoedigende opmerkingen geeft ze gaandeweg met meer schroom. Ik meld trouwhartig wanneer ik iets voel. Zij tekent op een kaart mijn »pijnpunten« aan: eileiders, baarmoeder, milt, lever, darmen... de kaart raakt tamelijk vol. Al mijn organen lijken in de war. Maar zenuwen, hersenen, ruggemerg, bloedbanen en wat dies meer zij komen op haar kaart niet voor. Hoe zit dat, vraag ik? Ze heeft geen antwoord. Ik krijg een pot pillen ter waarde van vijftig gulden, extra vitaminen kan ik hoe dan ook waarschijnlijk wel gebruiken, en een hand. Ze is blij dat ze van me af is.

Ik heb wel meer rare dingen gedaan en gedacht in deze periode. In de krant lees ik berichten over een mysterieuze ziekte die dood en verderf zaait onder de Britse veestapel. Er heerst een besmettelijke ziekte die de runderhersenen in een spons verandert: de dieren worden dol en agressief, ze zakken door hun hoeven en er vallen gaten in hun hoofd. Onderzoekers weten niet goed wat ze aanmoeten met de ziekte die ze *the mad cow disease* hebben gedoopt, noch of hij overdraagbaar is op mensen. Jos en ik zijn een paar maanden geleden in London geweest. Zou ik besmet vlees hebben gegeten? Dat kalfslapje bij die Italiaan in Soho, in dat restaurant waar we een fortuin moesten betalen voor een eenvoudige witte Lambrusco en alle gangen met een noodvaart kregen opgediend, ze keken het eten onze mond in... Wie weet heb ik de Engelse veeziekte. Zijn mijn hersenen in een spons aan het veranderen? In de krant staan berichten over een ziekte die door teken op mensen worden overgebracht, de ziekte van Lyme. Na een tekebeet volgt een vaak niet opgemerkte ontsteking, waarna de patiënt allerlei vreemde verschijnselen krijgt en het zenuwstelsel langzaam aangetast raakt. Krijg ik een koeiehoofd, circuleert er tekegif in mijn aderen, of heb ik misschien inderdaad ms?

Witte vlekken op de scan, had de zaalarts gezegd. Hoezo op de scan? Alsof ze zich dáár bevinden, die vlekken, gerieflijk ver weg: op de foto. Wat niemand hardop heeft durven zeggen is dat die vlekken *in mijn hersenen* zitten.

Gewapend met Jos ben ik vervolgens naar de huisarts gegaan. Die vertrouwde ik. Nou ja, zei hij na mijn vermoedens te hebben aangehoord, om eerlijk te zijn had ik me al afgevraagd wat ik je moest vertellen als je kwam, maar laat ik het maar zeggen: de kans is inderdaad groot dat je ms hebt. En hij pakte een papiertje en begon te tekenen. (Artsen tekenen graag bij nare diagnoses, heb ik ontdekt.) Hersenimpulsen worden van zenuwcel naar zenuwcel doorgegeven, ze lopen langs strengen zenuwen; zoiets als elektriciteitsdraden. Nu gaat bij ms de beschermlaag van de zenuwen kapot: je draadjes komen bloot te liggen. Kortsluiting dus. Op die aangetaste plaatsen kan littekenweefsel ontstaan, en daar komen die impulsen niet of slecht door.

Zijn uitleg was bevrijding en bezwering ineen. Bij elektriciteitsdraden die overwoekerd raakten door littekens kon ik me niets voorstellen, maar het klonk tenminste logisch. Voor het eerst in al die maanden kreeg ik een idee waardoor de bouwval in mijn lichaam werd veroorzaakt. Er was een verklaring voor, het was niet langer een volstrekt chaotisch proces waar zelfs artsen geen uitleg aan konden geven. Bovendien was het een gigantische opluchting om te weten dat al die tientallen dingen die in mijn lichaam misliepen één enkele oorzaak hadden: ik had geen twintig kwalen, ik had er gewoon maar eentje. Dat leek opeens heel overzichtelijk.

Jos en ik gingen een café in. We waren allebei vreemd verward: giebelig, huilerig, verbaasd, ontsteld, opgelucht, en vol vragen. Wat betekende dit? Voor mij, voor ons? Hoe moesten we het mijn ouders vertellen zonder verpletterd te raken onder hun bezorgdheid? Moesten we ons leven nu anders inrichten? We dronken koffie, hielden elkaar vast en reden met de tram naar de boekhandel. Ik kocht daar Rubinsteins boek – dacht bij de kassa nog: zouden ze nu denken dat ik...? – en las het thuis in één adem uit. Ja verdomd. Dit was bekend terrein. Maar elektrische wagentjes kon ik me niet voorstellen.

In een ander boek met veel patiëntenverhalen herkende ik de ongewone sensaties die ik zo tastend en stuntelend had proberen te omschrijven: de gloed die wekenlang als een vuurpijl binnenin mijn scheenbeen net onder de oppervlakte naar beneden schoot bijvoorbeeld. Zoef! naar beneden, om dan na een paar seconden uit te doven. Hete thee op je broek, had ik bedacht: zo voelde het. Mijn beschrijving bleek een standaard-aanduiding. Ik liet Jos de passage bijna opgetogen lezen.

Twee weken later vierden we alsnog mijn verjaardag, en die van Jos die inmiddels in aantocht was. Aan de verzamelde vrienden en vriendinnen vertelde ik, raar euforisch, wat er aan de hand was. Mijn opluchting over de diagnose was voor hen angstaanjagend. Mijn vriendin uit Nijmegen ging om tien uur met migraine naar haar logeerbed. Het was een rotfeest.

Geen enkel moment kwam bij Jos de vraag op of hij nog wel bij me wilde blijven nu mijn leven, mijn perspectief – en daarmee het onze – zo dramatisch veranderde. We spraken wel veel over de betekenis van de diagnose. Ik maakte valse grappen: vroeger vond ik vaak dat het van de buitenkant misschien heel wat leek, die Spaink, maar als je haar beter leerde kennen en in haar ziel keek, bleek ze een kat in de zak. Toch gelijk gehad! Och, een gekregen paard moet je nooit in de bek kijken, zei Jos dan, en lachte daar plagend bij. Hij maakte even valse grappen als ik: dat werd geen blindengeleidehond maar een benedenwoning. Jammer. Hij had liever een hond gewild.

Als hij anders had gereageerd, zelf ontsteld en onzeker was geweest over de mogelijke consequenties van mijn ziekte, zich had afgevraagd of ik nog wel *leuk* zou blijven als ik gehandicapt zou worden en of de zorg de liefde niet zou gaan overwoekeren, had ik ongetwijfeld minder laconiek gereageerd. Mijn ziekte dreef geen wig tussen ons, integendeel. We zouden er samen de schouders onder zetten. We maakten er een taak van, een gezamenlijke uitdaging die we zo goed mogelijk het hoofd wilden bieden. We vertelden het samen aan mijn ouders en probeerden ze te kalmeren; we vertelden het samen aan zijn ouders en probeerden ze te kalmeren.

Christiane, mijn hartsvriendin, was al even praktisch. Toen ze vlak na mijn ontslag uit het ziekenhuis langs kwam en ik haar als eerste vertelde wat de huisarts had gezegd, sperde ze haar ogen wijd en vloekte. En bood als vanzelfsprekend haar hulp aan, vroeg zich af hoe we dit konden oplossen. Met de nadruk op *we*. Mijn ziekte bleek lijm.

Misschien heeft het geholpen dat ik van jongsafaan vertrouwd ben met handicaps. Althans met één, namelijk die van mijn vader. In militaire dienst heeft hij tijdens een oefening – oorlogje spelen bij de commando's – een ongeluk gehad. De bom waarmee hij een brug moest opblazen om de tegenpartij de weg af te snijden, ontplofte waar hij bij stond. Sindsdien mist hij rechts zijn onderarm en heeft hij links opgeteld nog net tweeënhalve vinger over.

Ze waren toen niet verloofd, mijn ouders, wel verliefd. In het revalidatiecentrum leerde mijn vader opnieuw te schrijven met een potlood vastgebonden aan zijn in watten verpakte stomp, omdat hij zijn brieven aan mijn moeder niet langer aan de verpleegsters wilde dicteren. Hij had haar veel te schrijven waar niemand iets mee te maken had. Hij wilde eigenlijk het contact met haar verbreken, het leek hem beter dat ze een ander zocht: een man met twee armen bijvoorbeeld. Mijn moeder weigerde dat pertinent, ze hield veel van hem en hoeveel armen hij had vond ze bijzaak. Waarop mijn vader gezegd schijnt te hebben dat hij nog liever ook zijn andere arm zou kwijtraken dan háár. Ik geloof hem. Ze houden nog altijd veel van elkaar.

Mijn vader hoorde zo, met anderhalve arm; ik ken hem niet anders. Het was gewoon dat hij nieuwe protheses uitprobeerde die het TNO ontwikkelde en we avonden achtereen »kggg... bggg...« hoorden wanneer hij oefende met een geavanceerd proefmodel dat niet met snaren maar met elektroden werkte. Het was gewoon dat hij tijdens het stoeien soms onze botten kneusde wanneer hij per ongeluk vergat hoe sterk zijn hand kon zijn. Het was gewoon dat hij in zijn klerenkast drie handen tussen zijn schoenen had liggen; het was gewoon dat we grappen daarover maakten, zoals dat hij de handigste man ter wereld was. Dat had je zo met vaders, die hoorden zo. Wist ik veel.

Ik realiseerde me pas hoe ongewoon hij was toen een schoolvriendinnetje bij ons at en bijna flauw viel toen hij zijn kunsthand uit zijn prothese haalde om die te verwisselen voor een mes. Hij kon er ook een hamer in doen, of een tang. Mijn vader kon alles, met of zonder prothese: timmeren, boterhammen smeren, solderen, hoofdemployé worden, bedradingsschema's tekenen, zijn das strikken, kleine schroefjes pakken en kozijnen of muren schilderen. Het enige waarmee hij moeite had, was het vastmaken van zijn schoenveters en van de bovenste knoop van zijn overhemd. Hij was inderdaad de handigste man ter wereld.

(De enige keer dat mijn moeder zich zorgen maakte over zijn handicap was toen ze samen op vakantie zouden gaan naar een islamitisch land. Ze wist dat ze daar wel lijfstraffen uitvoerden. Ze was als de dood dat hij als dief zou worden aangemerkt en dat ze misprijzend zouden worden bejegend.)

Van mijn vader heb ik geleerd dat een handicap hebben niet op voorhand wil zeggen dat je iets niet kan – je kunt alles, tot het tegendeel bewezen is. Van mijn vader heb ik koppigheid geleerd.

De macht van woorden

Bij ms ontwikkelen zich om onbekende redenen ontstekingen in het centrale zenuwstelsel, de zogeheten haarden. Het gevolg is dat allerlei (soms tijdelijke) storingen en uitvalsverschijnselen optreden; welke dat precies zijn, is afhankelijk van de plaats van de haarden. Het afweersysteem probeert zijn taak naar behoren uit te voeren en bestrijdt de ontsteking, maar dan gebeurt er opnieuw iets fnuikends: het afweersysteem valt ook het eigen lichaam aan. De beschermlaag van de zenuwen raakt op die manier aangetast en er ontstaat littekenweefsel. Die littekens in het zenuwstelsel veroorzaken uiteindelijk de permanente handicaps. Vanwege deze »fout« in het afweersysteem wordt ms tegenwoordig tot de auto-immuunziekten gerekend.

Men heeft vastgesteld dat er bij ms een erfelijke component in het geding is. In Nederland komt de ziekte bij directe verwanten van ms-patiënten zeven keer vaker voor dan bij anderen. Maar de erfelijke factor is niet doorslaggevend; er zijn een-eiige tweelingen waarvan de een ms heeft en de ander niet. Daarnaast blijkt dat de ziekte in bepaalde streken vaker voorkomt dan in andere: er is een vreemde geografische spreiding, die verband lijkt te houden met de breedtegraad. Zo komt ms in het noorden van Engeland vaker voor dan in het zuiden; zelfs een klein land als het onze kent meer ms-patiënten in Friesland en Groningen dan in Limburg. In de tropen is ms daarentegen hoogst zeldzaam. In Nederland zijn er naar schatting ongeveer vijftienduizend ms-patiënten.

De ziekte treedt meestal tussen het twintigste en vijfenvijftigste jaar aan het licht. De piek ligt rond de dertig. Maar kennelijk gebeurt er op veel jongere leeftijd iets dat de aanstoot geeft tot de ziekte. Want wanneer je vóór je vijftiende van bijvoorbeeld Engeland naar de subtropen verhuist, neem je de lage kans van de subtropen over; emigreer je na je vijftiende, dan houd je de kans van je geboorteland. Omgekeerd neem je het risico van het emigratieland over wanneer je voor je vijftiende naar een gebied verhuist waar ms vaker voorkomt, en houd je het lage subtropen-risico wanneer je na je vijftiende wegtrekt.

Verder komt ms vaker voor bij vrouwen dan bij mannen, in een verhouding van ongeveer drie op twee, zonder dat er een aanwijzing is gevonden dat ms verband houdt met een verschil in geslachtsgebonden hormonen. (Niet dat daar veel onderzoek naar is gedaan. Verbazingwekkend vind ik dat, je zou toch denken dat ieder aanknopingspunt bij zo'n mysterieuze ziekte grondig wordt bestudeerd. Het heeft iets met mannen te maken, vrees ik; niet met hun hormonen maar met hun oogkleppen.) Tenslotte is uit pathologisch onderzoek gebleken dat ms ook latent kan bestaan: in het ruggemerg of in de hersenen van de overledene zijn dan de kenmerkende littekenweefsels te zien (de *plaques*), zonder dat de man of vrouw in kwestie ooit enig verschijnsel van de ziekte heeft gehad.

Wat het onderzoek naar ms bemoeilijkt is dat er geen vergelijkbare ziekte bij dieren voorkomt; er is een dier-experimenteel model (EAE, experimentele allergische encephalomyelitis) maar dat blijkt geneesbaar – wat bij ms nu juist niet lukt. Dat dierproeven nauwelijks nut hebben dwarsboomt niet alleen het testen van eventuele geneesmiddelen, maar betekent ook dat pathologisch onderzoek slechts heel beperkt kan worden uitgevoerd. Een kankerhaard kun je wegsnijden en onder de microscoop leggen, een ms-haard niet. Om die reden verzamelt het Nederlands Herseninstituut hersenmateriaal van overleden ms-patiënten. Men hoopt daar te kunnen traceren hoe de plaats en samenstelling van een plaque de mate van invaliditeit precies bepaalt en hoopt door de hersenen van ms-patiënten te vergelijken met die van gezonde mensen, cruciale verschillen op het spoor te komen.

De neuroloog bij wie ik werd ondergebracht, was uit ander hout gesneden dan de zaalarts. Hij was eerlijk. Hij vertelde dat ms de meest waarschijnlijke diagnose was, maar dat het nog lang zou kunnen duren voor ik officieel als ms-patiënt kon worden aangemerkt. Pas wanneer er twee verschillende typen uitval waren geconstateerd en in verschillende periodes, was de diagnose definitief.

Over het verloop viel niet veel te zeggen. Sommige mensen blijven jaren stabiel, anderen krijgen aanval op aanval. Er zijn alleen statistische zekerheden: de mensen bij wie de ziekte zich met oogklachten openbaart, doen het verhoudingsgewijs beter dan degenen die met verlammingsverschijnselen beginnen. De neuroloog sprak snel, alsof hij de tijd die hij voor me nam toch ergens vandaan moest halen. Hij bleek een van de weinige deskundigen op dit gebied; dat was al even geruststellend als zijn statistiek.

Over drie maanden terugkomen.

De moeheid bleef. De andere klachten namen langzaam af. Ik besteedde er ook minder aandacht aan. Pas als je weet wat iets te betekenen heeft, kun je besluiten het te negeren. Eerder had ik op alles gelet en moeizaam formuleringen gezocht voor al die vreemde gevoelens en sensaties, in de hoop ooit per ongeluk een steekwoord te gebruiken dat in een medisch laatje zou vallen zodat een arts zou uitroepen: »O verhip, heb je dáár last van...! Maar in dat geval heb je waarschijnlijk zus en zo.« Ik kende hun taal niet, hun beschrijvingen niet en mijn lichaam niet meer; ik probeerde me met woorden een weg te banen naar gedeeld gebied. Nu wist ik waar ik dic woorden kon vinden.

Mijn honger naar informatie viel nauwelijks te bevredigen. Ik las alles wat los en vast zat over ms, sprak met een paar mensen die het al langer hadden, keek naar medische programma's op televisie en volgde ziekenhuisseries; sindsdien ben ik een verstokt fan van *Medisch Centrum West*.

Alles wat ik gelezen en gehoord had liet ik eindeloos in mijn hoofd heen en weer rollen, als eb en vloed. Ik herinner me dat de eerste maanden na het horen van de mogelijke diagnose ergens in mijn achterhoofd steeds die informatie golfde en soms opspatte. Alsof ik er een plaats voor zocht, me er vertrouwd mee wilde maken, het herkauwde om het verteerbaar te maken. Aanvankelijk versprak ik me vaak: de letters »ms« had totaal geen referentie, de combinatie »sm« wél. Over sadomasochisme had ik een paar keer ferme discussies gevoerd. En dus dacht ik, als ik in een poging te wennen aan het idee weer eens tegen mezelf zei dat ik ms had, aanvankelijk vaak bij vergissing: »Ik heb sm.«

Buitenstaanders

In het sociale verkeer hielp het erg om een naam voor mijn klachten te hebben: het Repelsteeltje-effect. Het werd communicabel. Opeens hoefde ik niet meer op te sommen waar ik allemaal last van had en hakkelend te zoeken naar termen om ongekende fysieke sensaties mee te beschrijven. Voortaan volstond het om te zeggen dat ik ms had. Desgevraagd kon ik dan alsnog al die andere zaken opnoemen, maar die waren dan inmiddels van onzegbare kwalen gereduceerd tot symptomen. De diagnose is een vorm van stenografie, en temt de paniek.

In het sociale verkeer was het soms ook afschuwelijk om een diagnose te hebben. Ik ging naar een afscheidsfeestje van een collega uit mijn vorige baan en verheugde me op het weerzien met verwaarloosde kennissen. De een na de ander kwam naar me toe en zei dan, op tragisch ingezette toon: »Het gaat niet zo goed met je hè, heb ik gehoord.« Of mijn hoofd er nu naar stond of niet, of ik me nu zielig voelde of juist uitgelaten, steeds weer kwamen hele en halve bekenden op grafdelverstoon naar mijn toestand informeren. De angst het niet goed aan te pakken was ze vaak aan hun lichaam af te lezen: dan trokken ze onbewust een schouder iets omhoog en negen naar voren, klaar om mij op te vangen mocht ik door hun pijnlijke vraag ter plekke in onbedaarlijke tranen uitbarsten.

Vaak leek het of ik hen moest troosten en geruststellen. In het begin reageerde ik even onhandig als zij. In botte buien riep ik dat ik geen aids had en voorlopig heus nog niet dood ging, in andere gevallen deed ik mijn best om uit te leggen dat het een opluchting was om in ieder geval te weten wát me mankeerde. Tegenwoordig laat ik mijn antwoord vaak afhangen van hun blik. Als iemand niet met z'n ogen knippert bij het horen van de term ms, vertel ik door. Anders niet.

Maar die opmerkingen, altijd die opmerkingen... Zodra je iets hebt voelen wildvreemden zich gerechtigd zich met je te bemoeien, op dezelfde manier zoals iedereen ongevraagd met z'n handen aan de buik van een zwangere vrouw zit of aan baby's in de kinderwagen begint te plukken. Je wordt publiek bezit.

Toen ik eenmaal met een stok liep, was het pas echt raak. Buschauffeurs die elke winter weer jolig roepen of ik soms naar de wintersport ben geweest, mensen die vragen of ik een ongeluk heb gehad. Nee, zeg ik dan. Gelukkig, zeggen zij weer. Sindsdien heb ik geleerd om af en toe te zeggen: nee, jammer genoeg geen ongeluk.

Er zijn mensen die zeggen: »Maar meid, en je ziet er zo leuk uit...!« alsof die stoel of die stok minder erg zouden zijn als ik lelijk was, alsof iemands uiterlijk een waarborg tegen ziekte is of die juist kan aanmoedigen. Alsof leuk zijn en gehandicapt zijn elkaar uitsluiten. Er zijn mensen die zeggen: »Doe maar rustig aan hoor,« wanneer ik de bus in klauter. Alsof ik anders kan.

En dan zijn er de mensen die ongevraagd helpen, die als ik de bus weer uit klim opeens mijn arm grijpen ter ondersteuning. Aangezien ze dat meestal onaangekondigd doen, val ik dan gewoonlijk juist om. Toen ik die prachtige nieuwe Amsterdamse tram uit wilde waar ik met stoel en al in kan (hoewel ik pas na de eerste kieppartij ontdekte dat het verlaten van de tram beter achterstevoren kan dan vooruit, omdat anders mijn voorwielen in het gat tussen tram en perron verdwijnen en ik voorover sla), wilde een vriendelijke meneer me onverhoeds een handje helpen. Achter mijn rug om gaf hij een behulpzame ruk aan mijn stoel. Ik heb drie weken last gehad van mijn hernia.

Soms verdenk ik mensen ervan dat ze me willen helpen om hun eigen onhandigheid te verdoezelen: ze zien mijn manier van bewegen voor geschutter aan en voelen hun eigen gezonde functioneren opeens als een onbedoelde klap in mijn gezicht, die ze vervolgens graag zouden willen verzachten. Maar ik neem ze hun gezondheid niet kwalijk, en zou willen dat ze mij mijn ziekte niet kwalijk nemen. Wat U ziet is geen geschutter. Ik doe net zoals U wat voor mij het handigst is.

Christiane nam ooit beeldschoon wraak op iemand die last had van plaatsvervangende zieligheid. Ze deed precies wat ik in mijn meest valse momenten wel eens gedacht maar nooit gedurfd had. We waren samen op een groot feest, en waren enigszins losgeslagen. Een vage bekende kwam naar me toe en begon aan een uitgebreide, aangeschoten aanhankelijkheidsverklaring. Hij legde uit dat hij verliefd op me was. »Dat komt goed uit,« zei Chris, »ik ben haar impresario. Formulieren in drievoud inleveren, alsjeblieft. Dan roep ik je wel op voor een intake-gesprek.« Hij liet zich niet uit het veld slaan en wilde intieme details. Wat ik eigenlijk had? Hoezo die stok, die rolstoel? Een ongeluk, een been gebroken ofzo? Nee zei ik, multiple sclerose. »Jezus...« zei hij, en keek me dubbel aan. »Jézus...« herhaalde hij. »Gaat het een beetje,« vroeg Chris hem met een gespeeld bezorgde blik, »ben je erg geschrokken? Zal ik een stoel voor je pakken? Wil je een glaasje water?«

Tweeduizend ziek per maand

Mijn leven was na die tweede aanval, na de voorlopige diagnose, grondig in de war. Na een half jaar deed ik een poging weer aan het werk te gaan. Ik kon niet overweg met het idee permanent thuis te moeten zitten, al was het maar omdat dat voor zelfstandige dames – waartoe ik mezelf graag reken – een taboe was.

Ik durfde de WAO niet in, toch mijn voorland als ik niet gauw weer aan de slag kwam. Het betekende dat ik mijn eigen inkomen kwijt zou raken, financieel afhankelijk werd van kabinetten en van mijn geliefde. Nu waren we goed, maar wat als het ooit tot een breuk tussen ons zou komen? En bovendien: de godganse dag thuis, mijn ambities opgeven... Ik herinnerde me hoe erg ik het had gevonden toen ik werkloos was, en dat beeld van dagen die tot een onduidelijke brij aaneen klonterden sneed me de adem af. Misschien zou ik afhankelijk worden van hulp van anderen, van Jos. En raar ook, als je jezelf aangewend hebt om een ferme pas te zetten, in een poging de stevigheid te weerspiegelen waarmee je in het leven hoopt te staan, te moeten merken dat je opeens zo makkelijk omvalt en aarzelend loopt. Dit was niet zo'n bijster feministische ziekte.

Op proef dan maar, zei de bedrijfsarts voorzichtig, en meldde mijn overtuigde poging bij het GAK aan als therapeutische arbeid: hij bedoelde dat hij me tijd gaf om af te kicken.

Maar het werk ging absoluut niet meer, zelfs niet voor spek en bonen: van drie ochtenden in de week, op het laatst zelfs gehaald en gebracht met de taxi, was ik al uitgeput. Bovendien snapte ik op woensdagochtend niet meer wat ik op maandagmorgen had gedaan. Het ging niet, het ging niet. Na twee maanden van drie ochtenden werk per week met van lieverlee steeds onbenulliger klusjes en de rest van de week op de bank of in bed liggen, was ook ik eindelijk overtuigd dat dit geen leven was. Ik bleef thuis.

Zonder slag of stoot, ja zelfs zonder keuring, werd ik toegelaten tot de WAO. Mijn ziekte is imposant erg. En erkend, dat scheelt immens. (De enige keer tot op heden dat ik in hoogsteigen persoon op een keuring heb moeten verschijnen en de zaak niet schriftelijk werd afgehandeld, was bij de aanvraag voor een invalidenparkeerkaart. En ik kan niet eens autorijden.)

Huizen

Voorgoed thuis. Maar mijn huis, ons huis, deugde niet meer. Teveel trappen. Jos en ik bespraken of we zouden verhuizen. Het leek beter om nu, terwijl ik nog in redelijke conditie was, in alle rust een ander huis te zoeken, dan later op stel en sprong weg te moeten omdat ik mijn eigen huis niet meer in of uit zou kunnen.

Hoewel Jos dat voorzichtig suggereerde, wilde ik Amsterdam voor geen goud uit. Mijn eventuele afhankelijkheid, mijn zwaard van Damocles, wakkerde mijn liefde voor de stad alleen maar aan. Hier waren de vrienden op wie ik eventueel een beroep kon doen, hier kon ik nog per taxi naar de film, het café of wat ook, hier waren voorzieningen voor mensen met een handicap. Buiten de stad wonen benauwde me mateloos: ik zag een prachtig huis voor me, met een mooie tuin waarop ik me kon uitleven, maar het voelde alsof elke weg naar anderen afgesneden zou zijn door kale barre vlakten. De winkels niet onder handbereik; Jos moeten vragen de boodschappen mee te nemen, lijstjes moeten maken omdat hij anders vast de hagelslag vergat. De dichtstbijzijnde bushalte drie kilometer verderop, en geen rijbewijs. Ik zag me al wachten tot hij me zou halen en brengen, of me lam betalen aan taxi's om iets van mijn zelfstandigheid overeind te houden. Niet op de bonnefooi in de stad kunnen dwalen omdat de laatste trein naar huis om kwart over twaalf gaat. Putting all your eggs in one basket, zeggen de Engelsen: ik durfde er niet op te vertrouwen dat ik met mijn wankele benen het mandje veilig kon houden.

We zochten in Amsterdam. Langzamerhand realiseerden we ons dat het op kopen zou uitdraaien. Maar gaandeweg begon ons nog iets te dagen: in praktisch geen enkel project hadden de architecten er rekening mee gehouden dat niet iedereen vlot kan lopen. Leuk zo'n entresol, en ach hoe jaren-vijftig-modern, een maisonette! De overvloed aan trappen maakte me duidelijk dat ziek zijn ouderwets is. We bestudeerden tekeningen van de bouwplannen voor de pakhuizen bij het oude abattoir, vonden op de eerste verdieping een appartement dat groot genoeg en toch gelijkvloers was, en ontdekten na twee weken dat de lifthaltes pas op de tweede verdieping begonnen. We bestudeerden tekeningen van het Vierwindenhuis, waarvan drie vleugels meteen al afvielen omdat de architecten geobsedeerd bleken door speels bedoelde hoogteverschillen; alleen de noordkant was niet behept met zo'n stom drietreden-trapje. Helaas bleek de toegang tot de lift versperd door nog drie van die snerttreetjes.

We vonden een flat in Noord. Hoog, op de veertiende verdieping, met twee liften die gewoon overal stopten en verder geen modieus gedoe.

Van de hypotheek kreeg ik nachtmerries. Een ton. Dat was honderdduizend gulden, onvoorstelbaar veel. Ik verdiende tweeduizend gulden per maand – of liever, ik had tweeduizend gulden per maand verdiend; nu was ik ziek voor dat bedrag – en dat vond ik al veel. Dat je zomaar een ton kon lenen, dat Jos en ik gezamenlijk voor zo'n bedrag in zee gingen, gaf me een onbehaaglijk gevoel. Gebonden aan een contract, gebonden door een schuld. Ik stopte mijn schuld in een mandje; we tekenden het koopcontract.

De voormalige eigenaar klopte weemoedig met zijn vlakke hand op de massief houten bar die midden in de huiskamer stond, en zei: »Daar is menige borrel aan gedronken...«

In mei 1988 begonnen we aan de verbouwing. Het kostte Jos en zijn broers twee dagen om die bar te slopen. Mijn ouders hielpen breken, bouwen, afwerken, opruimen, schoonmaken, verven, ontstoppen en sjouwen. Mijn moeder kookte en reed ons heen en weer tussen huis-in-aanbouw en groothandels in gereedschappen en materialen.

Het uitzicht vanaf de veertiende verdieping was prachtig. We keken op de stad uit. Op zomerse dagen zag je aan het eind van de dag de zwermen spreeuwen die naar het Centraal Station trokken: een onrustige spiraal, zwarte kringelrook van vogels die terugtrokken en naderden. Uit alle windrichtingen kwamen de hemeldochters aangevlogen.

Hellend vlak

Half juni, op een zaterdag, verhuisden we onze spullen. Vrienden en familieleden hielpen, de dozen en meubels stonden overal en we liepen met z'n tienen rond, maar nog leek het huis niet vol. Kim, mijn kat, moest wennen aan het linoleum: als ze rende en de bocht om wilde, slipte ze en botste ze regelmatig tegen een muur of stoel. Wanneer de bel ging sprong ze met vijf poten tegelijk in de lucht. Kim vond het overigens een aanmerkelijke vooruitgang dat ik tegenwoordig thuis was. Ze confisceerde mijn schoot en deed alsof dit gewoon gezellig was.

De volgende dagen rommelde ik wat: ik verfde een plank, las een boek, verplaatste wat halfvolle dozen en voelde me zeer voldaan. De donderdag erop moest ik vroeg opstaan; in de polikliniek zou een lumbaalpunctie worden gedaan, opdat mijn specialist meer duidelijkheid over de diagnose kon krijgen.

Toen ik wakker werd, was ik draaierig en bij de eerste de beste poging om op te staan, viel ik opzij. Er was iets niet goed. Jos hielp me overeind. Hij moest me vasthouden. De wereld draaide voor mijn ogen, het was kermis in mijn hoofd, mijn ogen gingen in dronken galop en ik kon ze met geen mogelijkheid gelijk op laten gaan. Ik wilde per se naar de polikliniek, ik wilde die punctie, en misschien ook moest de specialist dit juist zien? Jos zette me op een stoel voor het aanrecht zodat ik mijn tanden kon poetsen; keer op keer klapte ik naar links en de kraan leek onbereikbaar ver weg. Na vijf minuten vallen gaf ik het op. Jos belde de specialist af en stopte me in bed.

Het werd niet minder. Ik lag doodstil in bed, bang me te bewegen. Als ik plat op mijn rug lag, werd ik misselijk; alleen op mijn rechterzij was het uit te houden. Zodra ik een been of arm verplaatste moest ik overgeven van duizeligheid. 's Avonds belde Jos een huisarts, hij had in de gauwigheid lukraak de dichtstbijzijnde uit het telefoonboek geprikt – aan een reglementaire overschrijving waren we nog niet toegekomen. De nieuwe huisarts kwam en hoorde mijn verhaal aan: duizelig en misselijk, en of het ertoe deed wist ik niet maar ik had waarschijnlijk ms. Hij hield het op buikgriep en gaf me zetpillen die wel werkten maar niet hielpen.

De duizeligheid kwam in vlagen. Tussendoor kon ik overeind komen en zelfs het bed uit om op de bank te gaan liggen, op voorwaarde dat ik me heel langzaam bewoog. In golven kwam de zeeziekte op, in golven verdween hij. Op de toppen van de golven viel ik steeds maar om, zelfs als ik kroop sloeg ik tegen de grond. Het was niet eens omvallen: ik gooide mezelf letterlijk tegen de vlakte, con gusto, naar links, steeds maar naar links, alsof die kant van de wereld een krachtige magneet was. De huisarts belden we nog twee keer, maar hij had niets te bieden.

Op de zesde dag zwol de zeeziekte langzaam aan tot een draaikolk, een orkaan die uit mijn achterhoofd leek te komen. Er zat een ronde plek in mijn hoofd waar het klopte en bonkte, die groter leek te worden, die zich naar binnen boorde, die gloeide en tintelde: een borrelende tennisbal. Ik belde in paniek Jos, die naar een vergadering bleek te zijn; ik belde de huisarts weer, die beloofde te komen. Met een kloppend hart en een bonkend hoofd lag ik te wachten. Nu ga ik dood dacht ik, dit kan niet, dit is niet vol te houden.

De huisarts belde aan. Ik moest naar de hal om de benedendeur en de voordeur open te doen. Struikelend, vallend en kruipend ging ik naar de deur. Ik worstelde met magneten en duwde blind op knoppen, en moest toen nog de tussendeur in de buitenhal open maken. Zwaaiend liep ik op de tussendeur af, en viel zwalkend in de armen van de huisarts. Hij raapte me op en wilde me overeind zetten; ik stortte mezelf weer ter aarde. Hij sleepte me naar mijn bed, liet me overgeven en keek me aan. »Bedoelde je dat, met duizelig zijn?« Ik knikte. We zagen alletwee bleek. »Wat is het nummer van je specialist?« vroeg hij. Hij belde, overlegde, deed tijdens de beraadslagingen met de telefoon in z'n ene hand, met z'n andere hand een oogtest bij me; of ik met mijn ogen de beweging van zijn vingers wilde volgen. Mijn ogen deden bokkesprongen. »Ja, een duidelijke nystagmus,« zei hij in de hoorn, en sprak met mijn specialist af dat ik de volgende morgen naar de polikliniek zou komen. Hij bleef godlof wachten tot Jos thuis kwam.

De volgende dag hees Jos me in een taxi en we reden naar het ziekenhuis. In de lange gang van de polikliniek deed mijn linkervoet het vijf stappen lang niet meer, hij wilde niet omhoog en sleepte over de vloer. De neuroloog zag me en belde de afdeling om te vragen of er een bed vrij was. De tranen sprongen me in de ogen van opluchting. Ik mocht er in een rolstoel naar toe en hing schuin links over de leuning.

Het ziekenhuis werd het oog van mijn orkaan. Wanneer ik weer eens werd meegesleurd, was er altijd een behulpzame arm of hand die me overeind hees of van vallen weerhield, die spuugbakjes aanreikte, die mijn bed verschoonde als ik de lakens ondergekotst had, die de hekken van het bed omhoog trok zodat ik niet meer bang hoefde te zijn dat ik overboord zou slaan. Ik klampte me aan de spijlen van mijn bed vast.

    Wanneer ik iets beter was liep ik soms, steun zoekend langs de relingen in de gangen van de afdeling en mijn hoofd schuin naar rechts gekanteld, weg van de aarde die zich naar me toerukte, voorzichtig naar de recreatieruimte waar ik roken kon en andere gezichten zag. Daar leunde ik met mijn hoofd tegen de rug van een hoge stoel, of krulde me er rechtsom in op. Na tien minuten was ik dan zo moe dat ik naar bed moest worden gereden. Mijn hoofd bewoog ik in slow motion. Lezen kon niet, alle letters waren misselijk.

    Pas toen de aanvallen minder hevig werden – om de dag, in plaats van twee maal daags – konden de artsen tussen twee golven door een paar testen doen om te achterhalen wat er precies aan de hand was. In mijn pyjamaatje werd ik naar de KNO-arts gereden, waar behalve zij ook drie studenten mijn oefeningen gadesloegen. Ik werd in een stoel gegespt en horizontaal gedraaid met warm water in mijn oor. Rechtsom ging redelijk, hoewel mijn knokkels wit werden van de kracht waarmee ik de armleuningen vastgreep. Bij linksom sloeg ik wild om me heen; de dieptes waarin ik voelde te vallen waren peilloos.

    Voor de laatste test werd ik naar een speciaal kamertje gebracht. De muren ervan waren behangen met zwart vilt, en als de deur dicht en het licht uit ging zag je niets meer. Ik kreeg een apparaatje in mijn handen en moest mijn ogen dichtdoen. De KNO-arts draaide aan een knop, waardoor een verlicht balkje dat aan de wand aan de overkant van de kamer was bevestigd, schuin kwam te staan. Met mijn apparaat kon ik ook draaien, en het was mijn taak de balk recht te krijgen. De crux van de test is dat er door de volslagen duisternis geen oriëntatie voor horizontaal en verticaal is behalve het evenwichtsgevoel van de testpersoon. Ik deed op het teken van de KNO-arts mijn ogen open en draaide aan de knoppen. Nee, dit was iets te ver naar links zag ik – ietsje terug – nog iets – nu iets hoger – ja, dat was 'm. Kaarsrecht. Ogen weer dicht, zij draaide, ogen open, ik draaide. Ik herinner me hoe nauwkeurig ik de balk horizontaal probeerde te manoeuvreren – ik was pieterig precies aan het positioneren, en was trots dat ik ondanks mijn duizeligheid nog heel goed kon zien wat recht was en wat niet. Na de derde keer ging het licht in de kamer aan. Met verbijstering zag ik dat de balk vervaarlijk naar rechts helde. »Een afwijking van ruim zestien procent naar rechtsonder,« zei de specialist, »en dit was de beste van de drie proeven.« Ik zag mijn vervreemding weerspiegeld op de gezichten van haar studenten.

Mijn evenwicht bleek defect. Of liever: mijn evenwicht was goed maar mijn hersenen waren in de war. De zenuwen die de informatie uit het evenwichtsstelsel moeten doorgeven en verwerken, verhaspelden hun boodschap onderweg. In goede tijden deed mijn hoofd alsof de wereld zo'n twintig procent scheef stond, in slechte tijden veranderde wat horizontaal was in een steile wand. In goede tijden wonnen mijn ogen het van mijn dronken evenwichtsgevoel en hielden die me op eigen kracht overeind; in slechte tijden won mijn haakse evenwicht en wilde mijn lichaam koste wat kost de verkeerde informatie opvolgen. De wereld viel naar rechts en mijn lichaam wilde overeind blijven. Dan gooide ik me linksom tegen de vlakte, in de veronderstelling dat daar mijn redding tegen omvallen lag. Rechts een ravijn, links een valse magneet – wat ik ook deed, vallen zou ik, in mijn hoofd of met mijn lichaam. Een aardige politieke paradox, waar ik op dat moment de lol niet van kon inzien. Kotsmisselijk werd ik ervan.

Ik kreeg pillen en een officiële diagnose. Blinde ogen en een ontregeld evenwichtsgevoel maken een mens tot gewaarmerkt ms-patiënt, mits die klachten tenminste niet tegelijkertijd optreden. Multiple sclerose: verschillende uitvalsverschijnselen op verschillende tijdstippen. Ik hoorde bij de club. Graag veel bloemen en veel bezoek.

Langzaam namen de aanvallen in hevigheid af. Om de dag, om de drie dagen, al vijf dagen redelijk – dat wil zeggen: zo lang ik mijn ogen open hield. Ik kreeg een stok die mijn pogingen overeind te blijven kon stutten, een stok om de aarde op afstand te houden. Mijn onbalans sleet langzaam tot een residu, tot een restverschijnsel. Maar nog loop ik fout in het pikdonker en moet ik mijn handen gebruiken om me te oriënteren, omdat ik anders tegen muren en meubels oploop die me als een magneet aantrekken. Ik neig onweerstaanbaar naar een linkse koers.

Wedstrijden

Na tweeënhalve week mocht ik naar huis. Met een stok. In het tumult van het vallen was het me ontgaan, maar mijn benen bleken een opdonder te hebben gehad. Ze werden minder sterk – of misschien trok de aarde sindsdien harder aan me, ik weet het niet. Ik begon onzeker te lopen, enigszins tastend. Misschien was het omdat ik mezelf niet meer vertrouwde nu ik ontdekt had met hoeveel animo ik kon vallen. Overeind staan was niet zo vanzelfsprekend meer, en daarom minder makkelijk. Ik kocht lage schoenen.

Die stok was erg. Hij was steun en toeverlaat, maar ook een teken. Die stok maakte iets kenbaar aan de buitenwereld dat voorheen alleen in kleine kring bekend was. Deze juffrouw hééft iets. Deze juffrouw is in-va-li-de. De eerste keer dat ik het winkelcentrum in ging met die stok kwam ik huilend thuis. Er *keken* opeens zoveel mensen naar me, met onderzoekende blikken, vragende blikken, meewarige blikken, me opmerkend, me brandmerkend. Onder hun ogen kromp ik ineen, voelde ik me een geval worden. Ik hoorde niet meer bij hún club. En ik was bang dat ik voorgoed aan die stok vast zat, nooit meer kruk-áf mocht zijn. Jos troostte me. Het lopen zou vast wel weer beter gaan. Ik liet me niet troosten. Ik was de zekerheid van mijn lichaam kwijt.

Tot op de dag van vandaag begrijp ik niet precies waarom, maar er was één groep die anders dan met meewarigheid op mijn stok reageerde. Middelbare dames. Met agressie. Niet allemaal natuurlijk, maar er waren er genoeg die zich zo opvallend aan die inmiddels al klassieke blik vol medeleven onttrokken, om ze op een hoop te mogen vegen.

Het heeft ook met sekse te maken. Frénk van der Linden meldde in NRC *Handelsblad* dat hij, toen hij een tijdlang met een stok moest lopen, al snel vaste patronen in voorkomendheid ontwaarde: »Wie staan in cafés, bussen en wachtkamers van hun stoel op als je binnenkomt? Vrouwen (vooral oude). Wie blijven zitten? Mannen (zelfs jonge). Ik heb het geturfd: de afgelopen weken kwam er vijfentwintig maal iemand voor me overeind. Vierentwintig keer was het een feminiene geste: bij één gelegenheid betrof het een masculiene goedaardigheid.« Zo'n verschil heb ik nooit opgemerkt. Omdat ik een vrouw ben, zijn mannen tegenover mij misschien makkelijker geneigd tot behulpzaamheid. Maar er was iets met mij en oudere dames.

Als ik bij een kassa stond of onzeker tussen auto's doorschuifelde, stap tik stap tik, wierpen ze kwade blikken. Als ik onachtzaam opzij werd geduwd en bijna omviel was dat vrijwel altijd door vijftigjarige dames. Wanneer ik in een rij stond te wachten, namen ze me op: mijn gezicht, mijn stok, mijn benen, mijn stok, mijn benen, mijn stok... Hun blikken zeiden: jong, en zo te zien recht van lijf en leden. Denk je nu heus dat jij meetelt, met je verzwikte enkel, met je been dat net uit het gips is? Wíj, neem een voorbeeld aan óns, wij hebben ons hele leven geploeterd, geen klacht kwam er over onze lippen, nu is het onze tijd om met egards en privileges bejegend te worden. Onze leeftijd geeft ons dat recht. En jij, met je jonge lijf, met je makkelijke leven, jij komt pas kijken – en jij maakt aanspraak op voorkeursbehandelingen? Hun blikken zeiden: jij wil voor je beurt.

Op een dag, twee ziekenhuisvakanties later, was het oorlog tussen zo'n mevrouw en mij. Ik was slecht – net een dag thuis na een kuur – en liep inmiddels behalve met een stok ook met een beugel om mijn voet, om mijn enkel van doorzwikken te weerhouden. De afstand tussen huis en bushalte was me dusdanig tegengevallen dat ik de bus nog maar net in kon komen. (Bussen hebben nare hoge treden.) Ik plofte uitgeteld neer op de dichtstbijzijnde stoel, wat in de bus de invaliden-zitplaats is. De bus was half leeg. Bij de volgende halte stond een oudere mevrouw met een regenjas, kaplaarsjes en een kromme rug, die door iemand naar binnen geholpen werd. Al tijdens het instappen schoten haar ogen naar mij, naar die meid die op háár plaats zat. Ze diepte haar buskaart uit haar jas op en liet die door de chauffeur afstempelen, onderwijl priemende blikken op mij werpend. Zij wilde die stoel. Ik moest verjaagd. Die plaats kwam mij niet toe, het was haar ereloge. De stoel naast de deur was leeg. Ik was te moe om een plaats te verhuizen. Ze ging tegenover me staan, frontaal, en opende het vuur. Ze wees naar het bordje boven mijn stoel en keek me strak aan. Ik werd koppig. »Die stoel is vrij,« zei ik, wijzend op de stoel pal achter haar. Ze begon in het boodschappentasje dat aan haar arm hing te wroeten en bleef me ondertussen doordringend aankijken. Als was het een troefkaart toverde ze een ingeklapte blindenstok uit het flodderige tasje tevoorschijn en begon hem langzaam uit te vouwen. »Ja hoor 'es, ik loop óók beroerd,« zei ik, ondanks alles toch in de verdediging gedrongen. Achter mij stond iemand op die naar de vrouw toeliep en haar een meter verderop dirigeerde, naar de stoel aan de overkant van het gangpad. Achter me hoorde ik besmuikt gelach. Ze liet zich onwillig meevoeren en ging zitten. De rest van de reis heeft ze me gefixeerd. Met haar regenjas en kaplaarzen en valse blikken leek ze als twee druppels op de moordenares uit *Don't Look Now*. Ik keek veiligheidshalve niet terug.

Inmiddels heb ik de concurrentie uitgeschakeld. Ik loop zo wankel dat zelfs middelbare dames meewarig naar mij kijken.

Een stok is een kruk

Over stokken heb ik veel geleerd.

Ze fungeren soms als een handig teken. Aanvankelijk brak ik me het hoofd hoe ik, wanneer de bus vol zou zijn en ik toch graag zou willen zitten, de invalidenzitplaats kon bemachtigen – wat zeg je in godsnaam in zo'n geval? »Meneer, mevrouw, hééft U iets? En zo nee, zou U dan willen opstaan?« In de praktijk blijkt mijn stok te fungeren als een zachte aanmaning, een esperanteske hint, en bieden mensen me ongevraagd hun zitplaats aan. In noodgevallen hoef ik alleen hulpeloos om me heen te kijken; dat volstaat om een stoel aangeboden te krijgen. Maar het blijft bevreemdend om mensen op te zien staan om juist de stoel onder het invalidenbordje vrij te maken terwijl er nog genoeg andere plaatsen in de bus leeg zijn; je zou bijna denken dat ik niet meer op een alledaagse stoel kan zitten.

Het scheelt wanneer je een stok hebt in een ander kleurtje dan ziekenfondsgrijs, al was het maar omdat hij dan meer een onderdeel van je verschijning lijkt in plaats van een afwijkend aanhangsel. Om een stok met een kleurtje – de mijne is rood – word je benijd door andere slecht lopende mensen. Het adres van de winkel waar mijn moeder hem heeft gevonden, heb ik al vaak doorgegeven: Smidt Medica in Zutphen, op de Groenmarkt.

Een stok valt vaak. Hij glijdt weg van de muur waartegen ik hem heb gezet of hij valt uit mijn handen. Dan snelt opeens iedereen die zich in de omgeving bevindt toe, zoiets als de toeschouwers die uit het niets verschijnen na een verkeersongeluk. »Ach,« zeg ik dan, »als-ie niet minstens één keer per dag valt krijgt hij onvoldoende beweging.« En als iemand per ongeluk struikelt over mijn stok die op de grond ligt, krijg ik de kans niet eens om mijn excuses aan te bieden dat ik hem zo onhandig heb neergelegd. »O hemel, sorry hoor,« zeggen ze op verontschuldigende toon tegen me, alsof het mij pijn doet wanneer ze tegen mijn stok schoppen.

Ik heb geleerd dat ik zonder kan, maar dat ik die stok zelf ook aangrijp als teken. Pas een beetje op, ik kan ondanks mijn leeftijd niet zo goed lopen.

Ik werd banger op straat. Me snel uit de voeten maken is er niet meer bij, en vreemd genoeg zien mensen, of liever: mannen, daar soms aanleiding in om mij eens flink te jennen. Quasi-achteloos steken ze bijvoorbeeld hun voet voor mijn stok, in de kennelijke hoop dat ik val. (In Berlijn worden sinds kort gehandicapten in elkaar geslagen door skinheads. Bij elk bericht daarover trek ik wit weg.) Ik ben een keer met stenen bekogeld, en een onbekende meneer wiens dubbelzinnige lift ik afwees, schold me de huid vol: ik kon heus wel goed lopen en ik moest me niet zo aanstellen, sneerde hij. In het winkelcentrum liep eens een ruziënd stel; hij raasde en tierde, zij liep met gebogen hoofd schichtig voor hem uit, overduidelijk bang voor slaag. Hij zag eruit of hij bij de minste aanleiding zijn woede op anderen zou koelen. Iedereen in de directe omgeving versnelde zijn pas of begon aan nonchalant omtrekkende bewegingen. Mij brak het zweet uit. Sneller lopen ging niet. Onopvallend wegkomen ook niet.

Mijn stok maakt dat mensen zich genoopt voelen

commentaar te leveren. »Die is toch zeker tijdelijk?« zeggen ze dan. »Ja,« zeg ik. »Hij is tijdelijk. Daarna ga ik over op de rolstoel.«

Soms wil ik er wel mee slaan, maar ben dan bang zelf om te vallen. Ik blijf bij vlagen vals.

Kuren

In november 1988 ging ik het ziekenhuis weer in. De derde keer binnen een jaar. Er was niets aanwijsbaars aan de hand, ik was alleen weken aaneen verpletterend moe en hangerig. Ik had last van duizend kleine dingen. Mijn handen bibberden wat. Ik liet spullen uit mijn vingers vallen. Mijn benen voelden soms raar aan, het leek of ik ze kwijt was. Grote spieren hadden de hik. Mijn lichaam liet me maar niet met rust. Ik sloeg op de vlucht voor mezelf en mocht me verstoppen in het ziekenhuis.

Daar werd ik onderzocht. Ik bleek slechter dan ik dacht. Er is een coördinatietest waarbij je liggend de hiel van je ene voet op de knie van je andere been moet zetten en dan langzaam met die hiel over je scheenbeen moet afdalen naar de wreef. Mijn te testen been ging tijdens die proef alle kanten op, maar amper naar beneden. Steeds weer schoot mijn voet van mijn scheenbeen af en moest ik die voet weer terugzetten, waarop hij naar de andere kant wegschoot. Mijn benen gestrekt optillen wanneer ik op mijn rug lag bleek eveneens een gigantische opgave: mijn buikspieren waren beduidend slechter geworden. Ik voelde ze schokken en sidderen onder mijn oefeningen. Mijn moeder hoorde mijn relaas over de onderzoeken aan zonder een spier te vertrekken en moest thuis later erg huilen, twee dagen lang. Hoorde ik van Jos hoorde hij van mijn vader. Mijn moeder is dapper, zolang ik erbij ben tenminste.

Ik kreeg mijn eerste kuur.

Tegen ms is tot op heden geen kruid gewassen of gebrouwen; er zijn alleen medicijnen voor symptomen die het gevolg van de ziekte kunnen zijn. Er zijn pillen tegen aangezichtspijn, er zijn pillen tegen spastische spieren, er zijn pillen tegen moeheid en er zijn pillen tegen incontinentie. Of ze werken verschilt van patiënt tot patiënt en blijft een raadsel totdat je zo'n pil uitprobeert.

Met een kuur is het makkelijker prijs te schieten. Wanneer je duidelijk slechter bent dan anders en er sprake is van een aanval – vreemd militair jargon – is er kennelijk een ontsteking gaande in het zenuwstelsel; met een kuur kun je proberen die ontsteking van buitenaf de baas te worden. Een kuur bestaat uit een gigantische hoeveelheid prednison, een biochemische ontstekingsremmer; een hormoonpreparaat dat het afweersysteem plat legt. Prednison snijdt aan twee kanten: het bestrijdt de ontsteking en schakelt het afweersysteem uit. Juist de auto-immuunreactie bij ms zorgt voor de permanente schade, die immers ontstaat doordat het afweersysteem zich tegen de beschermlaag van de zenuwen richt. Een kuur kan helpen de schade te beperken en zorgt vaak dat je sneller op je nieuwe, hoewel gewoonlijk lagere niveau bent dan anders; niet beter, niet gezonder, maar sneller. Prednison damt de ergste terugval in en bekort de herstelperiode.

Ik kreeg een kuur. Dat mag als je officieel ms-patiënt bent. Bij een kuur krijg je schrikbarende doses prednison toegediend. Iemand die aan astma lijdt of een transplantatie heeft ondergaan, krijgt vijf tot vijftien milligram prednison per dag; bij een ms-kuur krijg je vijfhonderd milligram ineens, vijf dagen achter elkaar. Mensen die langer prednison gebruiken krijgen een dik gezicht, een vollemaansgezicht; ze paffen van de prednison. Mensen die langer prednison gebruiken krijgen veel bijwerkingen: de aanhechtingen van pezen kunnen kapot raken, spierweefsel verteert en wordt week, botten worden brozer. Mensen die ineens zoveel prednison krijgen, kunnen last krijgen van bizarre bijwerkingen: ze ontwikkelen een acute vorm van suikerziekte, of hun bloeddruk gaat stuiteren. Mensen die ineens zoveel prednison krijgen worden elke dag onderzocht.

Bij een kuur wordt de prednison, aangelengd met fysiologisch zout, in een ader gedruppeld; daarna wordt het middel doorgespoeld met nog eens een halve liter fysiologisch zout. Vijf dagen achter elkaar anderhalf uur aan het infuus.

Ik kreeg een kraantje in mijn arm. Een dikke naald werd in mijn ader geprikt en daaraan werd een slangetje vastgemaakt met een knop die om kon en een stop erop; mijn ader kon op afroep open. De absolute junkie-droom, of een postmodern techno-snufje voor de trendy vampier. Elke middag om één uur kwam een verpleegster met het infuus om dat aan te koppelen – militair taalgebruik of spoorwegenjargon, medici lenen te hooi en te gras. Aankoppelen: de stop gaat eraf, de slang van het infuus eraan, de knop op mijn ader wordt opengedraaid en als het infuus gestaag loopt wordt de zak met prednison ingeprikt. Compleet met wissels en slangen die zich splitsen, dubbele tongen die de waarheid proberen te weerspreken.

De snelheid waarmee het infuus de ader inloopt wordt geregeld. Een te snel lopend infuus doet zeer, een te langzaam lopend infuus kost gewoon te veel tijd. De verpleegster en ik vinden een tempo dat me past. Dan wordt de prednison aangekoppeld.

Ik wacht en kijk naar de druppels, en merk na een minuut of tien opeens dat ik een vreemde smaak in mijn mond krijg. *Aceton.* De smaak van nagellak trekt vanachter mijn tong langzaam op en bereikt dan het puntje ervan. Niet weg te branden. De chemische smaak overheerst alles. Mijn tong is bezet. Het enige dat tegen prednison-aceton helpt, ontdek ik tijdens mijn tweede kuur, is zoute drop. Chocola, pepermunt, karnemelk, thee – dat ik daar uit armoe drink, in het ziekenhuis is altijd minder koffie dan me lief is – niets helpt. Alleen zoute drop. Tegenwoordig steek ik dat bij me, in mijn vluchtkoffer zit altijd drop. Ik kijk naar het infuus, eet drop en wacht. Hier dien ik mijn heil te zoeken. Als de zak leeg is moet ik een verpleegkundige oppiepen en mag ik een halve liter zout water, voor toe. Vijf dagen lang.

Tussendoor wordt het kraantje drie maal daags doorgespoten met heparine om te voorkomen dat het infuus dichtklontert en opnieuw ingebracht moet worden. Heparine komt uit de koelkast. Heparine is koud en voelt aan alsof iemand ijs in je ader spuit. Bovendien moeten ze hard duwen op het spuitje, omdat desondanks het bloed iets is gaan stollen. Heparine is een ijsklont die je ader wordt ingestouwd. Alleen zorgzame co-assistenten verwarmen het spuitje in hun jaszak.

Jos komt met bloemen, mijn moeder komt met de *Libelle.* Vrienden komen met cadeaus en verhalen. Ik lees veel en praat met mede-patiënten. Ik mis Jos, ik mis thuis. Ik mis intimiteit. Op de zaal liggen nog vijf mensen die allemaal hun eigen bezoek hebben; sommige zaalgenoten zijn lief en aardig, maar hun bezoek is me altijd teveel. Lawaai. Te moe. Teveel mensen. In de rookkamer is het tijdens bezoekuren doorgaans nog drukker dan gewoonlijk, en de lucht zwaarder. Nergens is een plek waar ik alleen kan zijn met mezelf, met Jos, met mijn bezoek. Maar verdomd, ik knap op. Op de derde dag voel ik me iets beter.

Op mijn zaal wordt een jonge vrouw binnengebracht die ook een kraantje krijgt. Ze heeft een hevige vorm en is al een keer helemaal verlamd geweest. Met één oog ziet ze nog steeds in zwart-wit van de vorige aanval, en met haar andere weliswaar in kleur maar sinds gisteren alleen nog de linkerhelft van de wereld. Haar moeder is wanhopig. Die heeft iets gehoord over wonderbaarlijke genezingen in Scandinavië; ze overweegt haar huis te verkopen om haar dochter heilswege te kunnen sturen. Ik predik voorzichtigheid. Praat eerst eens met de specialist, vraag eerst eens informatie op bij de ms-stichting. Iedereen kan wel roepen dat ze de aap uit de mouw hebben en het ei van Columbus en pas toch op! In een blaadje van een patiëntenclub was ik zojuist iets tegenkomen van een kwakdokter die alle ms-kwaad weet aan het nuttigen van chocolade. Handig om de boosdoener te kunnen isoleren, al was het maar bij wijze van persoonlijke oplossing, maar zodra ze je daarmee geld uit de zak willen kloppen moet je voorzichtig zijn.

De grootste vijand van het gezond verstand is common sense. Samengebalde onzin, gebrouwen uit een mengsel van angst, vage noties en irrationele overwegingen. »Daar zit wel iets in,« denk je in je onschuld, en voor je het weet bouwt iemand op iets waar wel wat in zit een complete therapie en verwacht daarvan alle heil tegen alle soorten leed. Van lachtherapie tot kleurtherapie, van positief denken tot kleutertekeningen maken, van Tibetaanse genezers tot enzym- en mineraaltherapieën. Van alles kunnen wij zodoende genezen. En de gelover wordt boos bij elke kanttekening die de skepticus maakt. Alles mag, zolang de patiënt er maar in gelooft.

In de ban van genezingsalmacht verliezen patiënten soms de proporties uit het oog. Uit de jaren vijftig stamt de affaire rond het zogeheten Russisch vaccin: een wondermiddel dat ms zou genezen. Artsen hadden er nooit van gehoord en weigerden het middel, dat later langs slinkse wegen ons land werd binnengesmokkeld, ongetest voor te schrijven. Patiënten liepen te hoop, ze verweten artsen bedilzucht en waren boos op de medische stand die hen willens en wetens het wondermiddel onthield. Het Russisch vaccin, eenmaal onderzocht, bleek het hondsdolheid-virus te bevatten en kon dodelijk zijn.

Over de oorzaken van ms is weinig bekend. Over de oorzaken van ms zijn derhalve veel speculaties. Maar zoals mijn neuroloog ooit met hartverwarmende nuchterheid meldde: je kunt ms met het grootste gemak en statistisch absoluut onweerlegbaar koppelen aan het aantal telefoonaansluitingen in een streek. Het verbaast me dat nog niemand is opgestaan om de consequenties uit *die* uitspraak te trekken. Het gevaar van kwakdenkers en kwakzalvers schuilt in de combinatie van naïviteit en het »alle heil verwachten van«. God is dood, en de geneeskunde geen plaatsvervanger op aarde. Wij zijn sterfelijk en kwetsbaar. Er is alleen verzoening met leed en dood.

Na de derde dag van mijn eerste kuur voel ik me iets beter. Er verandert niet veel, maar genoeg om opgelucht van te raken.

Later begrijp ik waarom, later begrijp ik de meerwaarde van het ziekenhuis. In het ziekenhuis hoef ik even niet meer en kan ik de ruzie tussen mij en mijn lichaam delegeren. Artsen en verplegers houden zich met mijn lichaam bezig en mijn hoofd kan dan eindelijk met verlof. In het ziekenhuis zak ik gewoonlijk in op de eerste dag. Ik voel daar pas hoe moe ik eigenlijk al een tijdlang was, en moet ineens huilen van hoe naar toch en dat ik er nu alwéér lig en van godverdomme wat een rotziekte is dit ook...

De onderzoeken maken mijn vage gevoelens van onrust zichtbaar: test zus ging vorige keer beter, en van test zo breng ik deze keer ook minder terecht geloof ik. De co-assistenten noteren; de zaalarts kijkt en vergelijkt rapporten van nu met rapporten van toen. We knikken allemaal en kijken ernstig. Mijn onrust wordt gelegitimeerd, krijgt contouren en medische termen. Mijn onrust is in het ziekenhuis onschuldiger dan thuis; hij wordt ingebed. Dat kan ik best nog, demonstreer ik, en nee daar heb ik gelukkig geen last van, antwoord ik. Mijn onrust wordt in kaart gebracht.

In het ziekenhuis laat ik alles varen. De prednison doet zijn best. Ik kan het even niet alleen af, ik mag op het blessurebankje. De patstelling is doorbroken, het wekenlange wachten op spontane verbetering voorbij: ik heb de hulptroepen gemobiliseerd. Ik mag verzorging en prednison en zielig zijn. Ik huil en bel al mijn vrienden; iedereen komt en ik huil en ik krijg bloemen en chocolade.

In het ziekenhuis maak ik mijn hoofd weer vrij. Daar realiseer ik me dat ik nu onweerlegbaar achteruit ben gegaan, naar het ziekenhuis ga ik immers alleen wanneer ik erken dat ik onweerlegbaar slechter ben. Het ziekenhuis werkt als een markeringspunt: het ziekenhuis deelt wekenlang fysiek gezeur, dagen die verstrikt raken tot een eenvormige kluwen van steeds vraatzuchtiger futloosheid, overzichtelijk in en onderscheidt die in een ervoor en een erna. Naar het ziekenhuis gaan betekent dat ik mezelf de middelen verschaf om me te verzoenen met een nieuw niveau van functioneren; naar het ziekenhuis gaan helpt om het ervóór los te laten en mijn blik te richten op het erna. Ik knap een beetje op, raak kleine maar hinderlijke – want aandacht vretende – gevoelsstoornissen kwijt, krijg wat meer kracht en win vooral ruimte in mijn hoofd. Ik ben altijd blij als ik weer weg mag, en thuis gaat het, door de opluchting dat zowel het wachten als het ziekenhuis over zijn, meestal net iets beter.

In het ziekenhuis componeer ik mijn nieuwe compromis. Mijn compromissen zijn gelardeerd met vrienden, bloemen, tranen en chocolade. Maar bovenal is het wachten doorbroken en mijn hoofd weer vrijer. Ik heb gedaan wat ik kon, de prednison deed wat hij kon. Ik moet zo verder. Ik verzoen me. Ik ga verder.

Deel 2

Denken en doen

Nadat ik definitief in de WAO werd ondergebracht, probeerde ik mijn bereik weer wat te vergroten. Ik deed veredeld vrijwilligerswerk: bij een bevriende organisatie, De Balie, hielp ik de automatisering te stroomlijnen. Computers opschonen, mensen cursussen geven, programma's bedenken en die thuis uitwerken. Dat werk bij De Balie heeft me gigantisch geholpen – ik kreeg zodoende de kans niet me te laten verpletteren door het idee dat ik voortaan een nutteloos lid van de maatschappij zou zijn. Ik kon nog van alles, op voorwaarde dat ik volstrekt vrij was in mijn tijdsindeling. Bovendien voorkwam het werk daar dat mijn huisvrouwengevoel dat permanent op de loer lag, scherpere contouren aannam.

Intussen bleef de verbazing over mijn lichaam. Ik leerde vreemde, soms ongemakkelijke dingen. Ik leerde dat mijn lichaam onbetrouwbaar en wankelmoedig was, en ook dat ik het verraad binnen de perken kon houden. Het was wonderlijk hoe snel ik nieuwe manieren uitvond of ontdekte om dingen die eigenlijk niet meer gingen toch te kunnen blijven doen.

Zulke oplossingen blijken een eigen logica te kennen, een eigen ritme dat zich regelmatig aan mijn bewuste waarneming of bedoelingen onttrekt. Het volstrekt denkloze gemak waarmee iemand die wil opstaan ook daadwerkelijk overeind komt, ben ik een tijdlang kwijt geweest en ken ik nu opnieuw: ik gebruik daar tegenwoordig even onbewust mijn handen en armen voor als een ander zijn of haar benen. Een enkele keer gaat dat mis – het tafeltje waaraan ik me zonder nadenken opduw blijkt maar drie poten te hebben, en prompt golft de wijn over ieders glazen. Er moet een periode zijn geweest dat ik mezelf heb aangewend mijn handen te gebruiken om op te staan, maar de herinnering daaraan is inmiddels verloren; dat ik mijn handen nodig heb om overeind te komen valt me pas dan weer op als een ongewone en ongemakkelijke manoeuvre wanneer er niets in de buurt is waarop ze steun kunnen vinden.

Helemaal gedachteloos zijn mijn bewegingen nooit, maar het beslag dat het uitvoeren ervan op mijn aandacht legt, is door gewenning teruggedrongen. In een schaduwbesef inventariseer ik mijn fysieke beslommeringen en inspecteer ik voortdurend de omgeving. Ik denk vanuit mijn ooghoeken. Vroeger zocht ik nadrukkelijk naar randen, richels, leuningen, uitstulpingen waaraan ik onderweg steun kon vinden; nu kijk ik in het rond en registreer schijnbaar vanzelf wat de meest handige route is. Het lijkt een truc, een kunstje dat je lichaam je hoofd kan bijbrengen via een leerproces opgediept uit een ver en vergeten babybestaan: zaken die aanvankelijk mijn volle aandacht vergden, raken verdisconteerd in mijn denken en gaandeweg blijkt het besef dat ik moet opletten, verbannen te zijn naar slechts een van de vele compartimenten van het bewustzijn.

Ik hoef me niet meer zo druk te maken over hoe ik me beweeg. Mijn lichaam verzint zelf wel oplossingen.

Als ik moe word van het lopen, of wat slechter ben, maak ik tegenwoordig tussenstapjes om mijn enkels en mijn knieën van knikken en zwikken te weerhouden; de voet die naar voren gaat, steunt even op de grond naast de andere en gaat daarna verder. Mijn koninginnepas noem ik dat. Als ik moe ben schrijd ik. Het duurde even voordat ik in de gaten had dat ik dat deed, die tussenstapjes maken, en nog langer voordat ik begreep waarom. Het ging vanzelf. Mijn hoofd wist nog van niets; mijn hoofd is soms wat traag van begrip.

Op een vergelijkbare manier heb ik mezelf verlost van de beugel die ik een tijdlang nodig dacht te hebben. Toen ik eens in het ziekenhuis belandde wegens algehele malaise, was mijn rechterenkel slechter dan anders en zwikte ik daar dusdanig mee dat de fysiotherapeut me voorstelde een voetsteun te proberen. Hij nam een oude voor me mee, bij wijze van proef, een vies transparant plastic ding met de oude lijmresten van pleisters er nog op. De beugel moest in mijn schoen geschoven worden en ging daarna met klittenband om mijn kuit vast. Het was een afschuwelijk ding; een teken van fysieke verslechtering, van weer een beetje minder, en de lelijkheid ervan maakte het allemaal dubbel zo erg. De fysiotherapeut deed de beugel om, zag mijn onderlip trillen, en probeerde er een humoristische draai aan te geven: »Hij past, hij past! Assepoes, word mijn vrouw!« Door mijn halve tranen heen antwoordde ik dat ik toch werkelijk eerder aan een lurex stretch-verbandje of iets met veel glitter en diamanten had gedacht als ik dan toch met een prins ging trouwen.

Later kreeg ik een nieuwe steun, op maat gemaakt. Ik drong er bij de prothesemaker op aan dat hij zwart moest zijn; zwart past tenminste bij mijn kleren en anders zou ik van mijn leven geen rok of jurk meer willen dragen. De man die hem maken moest heeft zich er het hoofd over gebroken hoe hij het voor elkaar kon krijgen, dat zwart, en vond die vraag wel een prettige afwisseling op zijn gewone werk; het lukte hem uiteindelijk. Ik probeerde de beugel niettemin zo weinig mogelijk te dragen, hij bleef afschuwelijk ook al was hij zwart. Na verloop van tijd merkte ik dat wanneer ik mijn voet schever neerzette dan gewoonlijk, met mijn tenen meer naar buiten, ik mijn enkel zélf kon fixeren en van zwikken weerhield. Ik heb geen beugel meer nodig. Mijn lichaam kan het zelf wel af.

Het gaat niet altijd goed. Juist omdat de controle over bewegingen en zwakke plekken niet meer op de voorgrond staat en ik daardoor simpelweg vergeet dat ik niet altijd stevig sta, wil ik wel eens vallen. Zo zak ik sinds een paar jaar regelmatig door mijn knieën; inmiddels heb ik geleerd bij wijze van voorzorg mijn kniespieren altijd iets aan te spannen. Maar wanneer ik sta en met iemand praat en al mijn aandacht gevangen is door de conversatie, wanneer mijn hoofd niet meer – hoe minimaal ook – bij mijn lichaam is, ontspoort het achtergrondproces bij tijd en wijle; en floep, dan zak ik door mijn knie. Oeps! Daar valt Spaink weer. Of ik maak de fout na grotere inspanningen, waarna mijn lichaam onwilliger wordt en extra aandacht vergt, teveel te vertrouwen op de dagelijkse routine. Ik struikel vaak na een warm bad of na een paar baantjes in het zwembad, merk dan opeens door een valpartij dat mijn benen slapper en krachtelozer zijn dan ik gewend ben. Sindsdien heb ik geleerd dat kussen en minnen veel energie vergen. Ik val niet *in* liefde, zoals de Engelsen, maar erna.

Onderzoeken en protheses blijven vreemde en ongemakkelijke dingen. In één opzicht lijken ze op elkaar: ze externaliseren fysieke functies, brengen die uit het verborgene van het lichaam voor iedereen zichtbaar naar buiten. Zoals een stok een zichtbaar geworden vervanging voor de spierkracht van het been is, maakt een hersenonderzoek de buitenwacht duidelijk hoe het met mijn zenuwen gesteld is. Hoe meer schade mijn zenuwstelsel oploopt, hoe meer ik binnenstebuiten gekeerd raak. Het Centre Pompidou in Parijs doet hetzelfde in zijn architectuur: de liften, de ventilatiekokers, de bedrading en de roltrappen zitten niet onder de huid van het gebouw maar er bovenop. Beaubourg is architectuur volgens gehandicaptenlogica, het is een gekeerd gebouw. Beaubourg werd als shockerend ervaren.

Met enige regelmaat doe ik mee aan proeven met nieuwe medicijnen. Bij een daarvan moest ik 's morgens een serie testen doen, die herhaald zouden worden nadat het betreffende medicijn via een infuus was toegediend. Zo kon de onderzoekster bepalen of de geleiding van mijn zenuwen erdoor verbeterde. Het ging om een middel dat de symptomen van de ziekte mogelijk zou verzachten; aan genezing durft niemand te denken. De serie onderzoeken begon met een oogtest, waarbij elektroden op mijn hoofd werden geplakt, en aangezien dat onderzoek 's middags moest worden herhaald besloten we de bos draadjes in de tussentijd maar te laten zitten. Aan het begin van de middag kreeg ik het infuus met het proefmedicijn; het inlopen van het infuus zou ongeveer een uur in beslag nemen. Opeens moest ik nodig naar de wc. Daar liep ik, van de onderzoekskamer op weg naar het toilet, dwars door allerlei wachtkamers heen: met mijn kruk in de ene hand, in de andere hand een infuus aan een standaard op wieltjes, en met draden die uit mijn haar hingen in een tros op mijn schouder bijeengeknoopt. Het werd akelig stil in alle wachtkamers die ik passeerde. Daar liep iemand binnenstebuiten voorbij.

Het middel bleek trouwens afschuwelijk. Ik kon het echte medicijn ogenblikkelijk onderscheiden van het placebo: zodra de 4-aminopyridine mijn arm in liep, voelde het alsof iemand met prikkeldraad door mijn aderen ragde en werd mijn arm dodelijk zwaar. De tranen liepen over mijn wangen. De test moest worden afgebroken.

Wat me het meest verraste, was hoe snel ik mijn eigen beperkingen als gewoon begon te ervaren. Zoals het gras aan de andere kant van het hek gewoonlijk groener is dan hier, is de kwaal van een ander doorgaans tragischer. Afstand en onbekendheid vertekenen de blik, net als vertrouwdheid overigens.

Lichamen zijn vergeetachtig, ze herinneren zich al snel niet meer dat het ooit anders was of ging. Ik weet haast niet beter dan dat ik me beweeg zoals ik me beweeg; het zijn de anderen die me het verschil duidelijk maken. Dat zit in kleine dingen: hoe bijzonder het me opeens voorkwam dat ik iemand naar de bus zag *rennen*, en hoe het me trof dat iemand dat überhaupt kon, hollen. Uit mezelf zou ik er nooit opkomen dat een lichaam kan hollen – zo volkomen weggevaagd is de fysieke herinnering daaraan. Wat hándig, als je kunt rennen! Ik constateerde dat zonder een zweem van jaloezie; het was eerder verwondering, vergelijkbaar met die van mensen die een balletvoorstelling bijwonen en zich al kijkend realiseren dat er kennelijk mensen bestaan die schijnbaar moeiteloos pirouettes draaien en op hun tenen draven en torenhoge sprongen maken. Wanneer je erover nadenkt en gaat vergelijken, voel je je van de weeromstuit zelf plomp en onelegant, hoekig en stram in al je bewegingen; toch is dat de normale manier van bewegen en is het ballet mooi maar vooral een schouwspel. Mijn wereld is tegenwoordig vol dansers.

Kijkend naar films betrap ik me op een vergelijkbaar mechanisme. Mijn eigen functioneren is mijn norm geworden, en wanneer iemand in wiens rol ik me heb ingeleefd overeind wil komen of een wandeling maakt, slaat de schrik me soms om het hart: pas op, je vergeet je stok, waar is je kruk? Straks val je! Houd je toch vast!

Kim, mijn kat, heeft dezelfde gewenning doorgemaakt. Wanneer er iemand is die in haar bijzijn snel loopt – wanneer BodyGuard een huppelpasje maakte tussen de kamer en de keuken, of als Anneke hier in huis even rent – schrikt ze zich een ongeluk en begint van ontzetting boos te blazen en de boosdoener te slaan. Boy, die slecht loopt of eigenlijk schuifelt en bij wie ze wel eens logeert, is oké; dat tempo kent ze, dat tempo is normaal. Boy en ik, wij bewegen ons tenminste als gewone mensen. Vindt Kim.

Ik merkte pas weer hoe krakkemikkig ik eigenlijk was toen Jos griep kreeg. Hij had koorts, hij was moe, alles deed hem zeer; hij lag een week op bed. De week erna kreeg ik griep. Ik had meer koorts dan hij, maar ik voelde me nauwelijks anders dan anders, warmer hooguit. Ik heb gewoon altijd een griepje. Ik ben altijd moe, mijn spieren hebben het altijd te verduren; als je altijd moe bent, vallen alleen de uitschieters op. Ik ben alleen moe wanneer ik extreem moe ben.

En mijn moe, dat bleek rekbaar en gevarieerd. Ik ontdekte de staalkaart van moe.

Moe went. Moe verdwijnt als sneeuw voor de zon wanneer ik feestelijk leef, wanneer ik ergens van geniet, wanneer ik iets koste wat kost wil. Moe verloor haar greep wanneer BodyGuard, mijn teerbeminde, me met zijn verhalen en wat handen en zijn linkerblauwe ogen kuste en vasthield. Moe verslapt haar houvast in de aanwezigheid van goede vrienden. Moe smelt van een aangename bijeenkomst, van een avond uit of van doorzakken en praten tot het licht wordt, van de draad te pakken hebben. De dag daarop ben ik minder sterk en zijn mijn ogen onvaster dan anders, is mijn hoofd wankel en zijn mijn benen wazig – de moeheid haalt me in, maar dat geeft niet, het was het waard.

Moe wordt ondraaglijk wanneer ik me niet op mijn gemak voel, wanneer ik moet opzitten en pootjes geven, wanneer een avond doorzeurt, wanneer bezoek aan of van iemand voortkabbelt; dan gebruik ik mijn moeheid zelfs wel eens als verontschuldiging om weg te sturen of weg te mogen, weg naar huis, naar bed. Naar anders.

Moe went nooit. Moe slaat onverwacht toe. Opeens krijg ik, feestelijk levend of niet, kringen onder mijn ogen, vergeet ik woorden en namen, vlecht ik woorden ineen en verhaspel ik »straks« en »later« tot een onnavolgbaar »slater« of »laks«, beginnen mijn zinnen te rammelen en voelt mijn hoofd dof van binnen. Ik zak in als een soufflé die op de tocht staat. Dan kan ik niet meer tegen kroeglawaai en andere mensen en doen stemmen me schel zeer in mijn oren, beginnen egale vlakken plotseling te krioelen voor mijn ogen, zit er een vlek in mijn gezichtsveld waarin de wereld trilt zoals lucht zindert boven een verwarming die aan staat, schrik ik van auto's en fietsen en passanten die plotseling in beeld verschijnen, is elke nieuwe indruk teveel en botst in mij en zorgt voor hoeken en haken en ruzie in mijn hoofd; geluiden verdringen zich, geluiden waarin ik verdrink, ik hap naar adem en snak naar stil en rustiger. Wég moet ik dan. Stil en rustig helpt niet. Mijn hoofd is doorzichtig en er huist een echo in, niets snap ik meer; ik beweeg in slow-motion, kan desondanks niet langer goed mikken en stoot van alles om; geluid is scherp en maakt me angstig, mijn hartslag is onrustig, mijn maag van streek. Ik ben misselijk van moeheid en te uitgeput om te kunnen slapen.

Moe kan mechanisch zijn. Ik loop door en door omdat ik mijn krachten over- en de afstanden onderschat heb of er simpelweg van alles moet die dag, het kan niet anders, en mijn benen zijn dan opeens niet meer van mij, ze volgen een ritme dat ik niet meer snap, domweg gaat het ene been voor het andere, ik ben een robot, mijn lichaam is een automatische piloot en gevoel bestaat niet meer. Pas wanneer ik weer zitten mag overvalt me hoe zeer alles me doet uit pure vermoeidheid; mijn benen voelen dik, gezwollen, horen niet meer bij mij en bevinden zich ergens anders maar zijn niettemin pijnlijk teveel mijn lichaam.

Moe is soms zeurderig. Dan leef ik in een deken; ik sta uitgeput en landerig op en kom niet op gang, alles wat ik me voorneem te doen zakt weg in stroperigheid en duurt drie keer zo lang. Watten in mijn hoofd. Er wil niets in, er komt niets uit. Mijn oren zoemen alsof ik een metalconcert heb bijgewoond; mijn gezicht is verflenst, ik heb kringen als ravijnen onder mijn ogen; ik kan me niet concentreren; de zinnen die ik opschrijf of lees snap ik maar niet, het blijven rijtjes woorden die geen betekenis willen aannemen; plannen en afspraken verzanden in trage gelatenheid, matheid waar ik me vervolgens aan erger en kwaad om maak. Mijn benen doen pijn van moeheid, de groeipijn van vroeger, nergens is een plaats of positie te vinden die comfortabel is. Ik wil niet naar bed, ik kan beter maar naar bed, ik wíl helemaal niet slapen, ik moet maar gaan slapen; ik kruip in bed om me te verschuilen voor mezelf. En word wazig wakker, worstel de rest van de dag om scheuren en kieren in die deken van mist te krabben.

Dat is de meest nare moeheid.

Het wende om een verraderlijk lichaam te hebben. Wat ik onderschat heb, is hoeveel tijd het kostte om er aan te wennen. Nu ben ik fysiek slechter dan de eerste drie jaar van mijn ziekte, maar ik doe en wil meer dan tijdens die periode. Voor een deel kan ik mijn energie tegenwoordig beter doseren, maar dat is bijzaak. Mijn hoofd is vrijgekomen; dat lichaam dat ik steeds maar moest behoeden voor vallen en zwikken en niet overeind kunnen komen en dat tics en kuren vertoonde, mijn lichaam vergt nu maar een klein deel van mijn hoofd. Ik hoef niet aldoor zo op te letten.

Beginnersgeluk

In de boeken die ik las over mijn ziekte noch in de algemenere literatuur over handicaps kwam ik ook maar iets tegen dat correspondeerde met de wonderlijke ontdekkingen die ik deed. In brochures en blaadjes van patiëntenorganisaties en overheidsinstanties wordt vooral gesproken over voorzieningen en hulpmiddelen; er wordt gesproken over discriminatie en ontoegankelijkheid. Allemaal waar en allemaal zinnige informatie, maar toch is dat niet waar het om gaat.

De suggestie in alles wat ik las is dat er veel geregeld moet worden, dat er veel geregeld kán worden en als dat nu eenmaal maar gebeurd is, alles verder geregeld zal zijn. Dat wij dan namelijk weer bij de club horen, wij gehandicapten. En ik voelde vrijwel dagelijks tot op het bot dat dat laatste niet waar is; dat toegankelijkheid mooi is en een prachtig goed, maar dat ondanks uitkeringen en vergoedingen en hulp en ringleidingen en overal liften en opritten en alles in braille en doventolken erbij, er een cruciaal verschil bestaat tussen mensen zonder handicap en mensen met. Ik vertrouwde niet langer zonder meer op mijn lichaam. Het zou nooit meer goed komen; de ziekte is ongeneeslijk, de schade aan mijn zenuwen onherstelbaar. Er was hoe dan ook iets met mijn lichaam aan de hand: mijn lichaam had zich geopenbaard als onbetrouwbaar en verraderlijk, ik had geleerd dat ik in tweeën kon vallen. Mijn lichaam en mijn beleving van dat lichaam weken af van de norm, en tegenover dat besef en tegenover zo'n soort leven moest ik mijn houding bepalen.

Ik wilde daarover schrijven. Schrijven had ik sinds eind 1986, sinds ik bij Fokker was gaan werken, niet meer gedaan omdat ik steeds maar zo moe was en er de fut niet voor had. Ik wilde weer schrijven, en het lag voor de hand dat hierover te doen. Maar het lag teveel voor de hand en was teveel gedaan. De *Libelle* bood dat soort verhalen vrijwel maandelijks, of anders had de *Margriet* wel een diepmenselijke coverstory. Nee merci.

In november 1988, net na mijn eerste ziekenhuisvakantie met kuur, is er een feest in de Roxy ter gelegenheid van het eerste nummer van BEV, een damesseksblad. Een blad voor dames van velerlei kunne: lesbisch, heteroseksueel, multi, alles zonder aanziens des persoons. Dat trekt me. Ik ga. Naar de Roxy, waar ik nooit geweest ben, want wat heb je in hemelsnaam te zoeken in een disco wanneer je niet kunt dansen.

De laatste keer dat ik heb gedanst is op een verjaardag van Anneke, Anneke die ik helemaal niet ken, Anneke die een goede vriendin is van mijn hartsvriendin Christiane die me maar gewoon meenam, wat ik beschroomd accepteerde. Het was een leuk feest bij Anneke; het was mijn meest afgrijselijke feest. Het was oktober 1987, en er was niets met me aan de hand. Ik danste met Christiane en was na één nummer fysiek zo ontregeld dat ik tintelend wit uitsloeg van ellende, ik zweet op mijn bovenlip voelde prikken, mijn gezichtshuid me zeer deed en ik me naar de wc moest sleuren waar ik kokhalzend diarree had – ik stommelde na een kwartier terug en kon toen alleen nog maar afgebrand zitten. Elke beweging was teveel. Pas na een uur was ik voldoende bijgekomen om te zeggen dat ik heus nu, maar dan ook per ommegaande, naar huis wilde want ziek. Een paar weken later stortte ik definitief in.

Anneke's feest beschouw ik sindsdien als mijn tweede voorbode, na de blinde vlekken. Toen ik Anneke anderhalf jaar en een diagnose later in de trein tegen kwam, wist ik niet wat ik tegen haar zeggen moest en raakte ik onwillekeurig somber. Anneke's feest. De laatste keer dat ik gedanst heb. De laatste keer die me bijstaat dat ik nog gezond was.

In de Roxy moet ik naar de wc. De toiletten zijn boven aan het einde van een lange trap. Als ik naar beneden kom met onwillige moeie benen en mijn stok, maakt iemand daar een opmerking over. We raken onbedoeld in gesprek. Ze vertelt dat ze fotograaf is en aan een boek over handicap en seksualiteit werkt. Ze zoekt nog iemand die de tekst kan schrijven, laat ze in een bijzin vallen. Ik vertel haar dat ik schrijf. We wisselen namen uit die we al blijken te kennen. Ter plekke besluiten we naar een café te gaan om verder te praten.

Gons verhaal is intrigerend, maar ik stribbel tegen. Ik ben bang voor voyeuristische plaatjes: voor een boek dat gekocht wordt om te spieken hoe »ze« het doen. Er bestaan pornoboekjes met tekeningen en foto's waarin gehandicapte vrouwen de hoofdrol spelen; daar schijnt een markt voor te zijn. Dames zonder armen, dames zonder benen, dames gereduceerd tot romp gereduceerd tot gat. Wat de pornohelden niet kunnen gebruiken hakken ze botweg af. Gon vertelt over haar foto's. Ik knik. Ik vertel over mijn vreemde fysieke ontdekkingen. Gon knikt. We maken een nieuwe afspraak om verder te praten. Een boek over handicaps en seksualiteit. En lichaamsbeleving, vul ik aan.

Ik ga weer schrijven. Ik glim.

Een boek over handicap en lichaamsbeleving. Ik verzamel boeken en video's, lees artikelen en interviews, en begin voorzichtig aan een eerste tekst. Vraag me heimelijk af of ik wel gehandicapt genoeg ben om zo'n tekst te kunnen of te mogen schrijven. Ik kom pas kijken – ik heb alleen maar een kruk.

Een stok achter de deur

November 1988. Wanneer ik voor iets onbenulligs naar de huisarts moet en de twee bushaltes naar zijn praktijk loop, kom ik uitgeput thuis. Twee keer een kwartier lopen, met pauze in de wachtkamer, en het is me twee keer tien minuten teveel. De volgende dag stuur ik een briefje naar de GMD om een rolstoel aan te vragen.

Er belt iemand om een afspraak te maken; ze zullen langs komen met zichtexemplaren, zodat ik kan besluiten wat voor een stoel ik wil. Twee weken later komen er twee meneren met twee rolstoelen. Ik geef ze koffie. Ik kijk. Een blauwe en een rode. Ik ga in een ervan zitten en duw wat aan de hoepels. Ze vragen me welke ik zou willen. Ik haal mijn schouders op; ik weet niets van rolstoelen en heb geen idee waar ik op moet letten. Ze leggen dingen uit: over verschillen in gewicht, over manieren van inklappen en verstellen en uit elkaar halen, over foefjes en accessoires. Ik wijs er lukraak een aan. Vervolgens moeten er allerlei details bepaald worden: in welke kleur ik hem wil, en of ik een bakje achterop wil voor mijn kruk, en handgrepen om geduwd te kunnen worden. Er moet van alles opgemeten worden: hoe hoog de zitting moet en hoe breed en hoe diep; hoe hoog de rugleuning moet en de armsteunen. Het kan me niet schelen, al die details, ze zeggen me niets. Het enige dat ik voor me zie is het abstracte beeld van een rolstoel. Ik doe mijn best me in hun vragen te verdiepen.

Twee maanden later heb ik een rolstoel. Ik krijg er een tasje bij met Engelse sleutels en een fietspomp. Bandenplakspul moet ik zelf kopen. Zit ik, zij die geen kinderen wilde, alsnog opgescheept met een wandelwagentje. Alleen de luiers ontbreken nog. Maar dat lost zich vanzelf op wanneer ik incontinent word.

Ik heb een rolstoel. Hij staat maanden ongebruikt en ingeklapt in de gang. We wennen aan elkaar, de rolstoel en ik. Af en toe klap ik hem uit en rijd er een stukje in door het huis. Ik oefen in rondjes; hij heeft een kleine draaicirkel. Ik kan bijna om mijn as heen. Af en toe, als er vrienden langskomen, klap ik hem uit en laat ik hen erin zitten. Zodat ze weten hoe het voelt. Zodat ik kan wennen aan hoe het eruit ziet. Zodat hij mij en hen vertrouwd raakt.

Ik heb een rolstoel. Als ik langer dan een kwartier moet lopen gebruik ik nog steeds mijn stok. De aanwezigheid van de rolstoel stuwt me voort en houdt me overeind. Ik zit bij de tandarts en opeens is mijn kiespijn over. Ik loop de laatste tijd trouwens weer stukken beter.

Ik heb een rolstoel. Als hij er een paar weken staat, zit ik met Jos op de bank en kijk tv. Zappend belanden we bij de inzamelingsactie voor de Wereldspelen voor Gehandicapten, die de zomer daarop in Nederland gehouden zullen worden. Het is een actie volgens het recept van *Open het dorp*, inclusief Mies zelf; gewone mensen komen grote bedragen overhandigen, grote bedrijven komen gewone bedragen overhandigen, en Mies is vriendelijk tegen iedereen. Ik moet lachen om de meneer die, beducht op mogelijke discriminatie of neerbuigendheid, vreselijk zijn best doet om correct te zijn maar zichzelf verstrikt en verspreekt en struikelend uitkomt op »een bijdrage aan de emancipatie van de medegehandicapte mede... eh, van de gehandicapte medemens.« De medegehandicapte medemens. Hij kan niet genoeg benadrukken dat ze er echt, heus, werkelijk waar, nog best bij horen. Hij leeft en lijdt mee. Hij is óók een beetje gehandicapt, eigenlijk.

Als klapstuk van de actie verschijnt Koos Alberts op het toneel, Koos Alberts, de zanger die tegen een boom reed en er met een dwarslaesie genadig van af kwam. Of de boom het overleefde, vermeldt de historie niet. Alleen al zijn verschijning levert hem een daverend applaus op; overal in de zaal gaan mensen voor hem staan, ze staan van hun klapstoelen op en benadrukken met hun hele houding hoe groot en onoverbrugbaar het verschil tussen hen en hem is, en geven hem een ovatie omdat hij is blijven doorleven. Alberts krijgt er tranen van in zijn ogen; de camera zoomt in, dat scheelt allicht een paar ton. Mies knielt naast hem neer en vraagt hem, wanneer het geklap eindelijk is bedaard, hoe het nu gaat. Alberts slikt. »Het valt niet mee hè,« zegt Mies begrijpend. »Nee Mies. Het valt niet mee,« zegt Koos. Wanneer hij weer bij stem is, vertelt hij dat een plaatje dat hij vlak voor het ongeluk gemaakt had nu dan eindelijk is uitgekomen, en hij prijst de consideratie die zijn platenmaatschappij heeft betoond. Hij zal zijn plaatje nu gaan zingen. De zaal is muisstil.

En in de tweede regel bezingt Alberts, gezeten in zijn rolstoel, in plat Amsterdams zijn lief: »Ik sie je sitte.« Grinnikend herhaal ik die regel voor Jos, ik houd van zwarte humor en valse grappen, en moet alweer lachen. Tranen in mijn ogen van het lachen, die naadloos overgaan in tranen van verdriet. Ineens moet ik huilen, vreselijk huilen omdat ik een rolstoel moest bestellen en omdat ik zo slecht loop en dat nooit meer goed komt en dat ik gehandicapt ben en voor anderen een medemens ga worden. Dat ik dat allemaal niet wil niet wil niet wil. Mijn schouders schokken, ik vloek door mijn tranen heen, ik moet lachen dat ik nu juist door Koos Alberts eindelijk moet huilen om die rotrolstoel. Jos slaat een arm om me heen en probeert me te troosten. Zijn ogen zijn nat.

Ze halen die avond rond de acht miljoen op.

Het duurt maanden voor ik de rolstoel, mijn rolstoel, voor het eerst gebruik: augustus 1989, hij heeft dan een half jaar in de gang gestaan. Met Jos ga ik naar Parijs, de stoel gaat mee.

Jos duwt. Mijn armen worden snel moe, en ik houd dat niet vol, zelf duwen.

Ik kan meer van de stad zien in een stoel; ik hoef niet om de tien minuten ergens te gaan zitten zogenaamd voor een kop koffie omdat ik moe ben. Ik zit al. In Parijs kom ik niemand tegen die ik ken; in Parijs durf ik. Jos duwt en krijgt blaren op zijn handen. Duwen heeft voordelen. Ik kan eindelijk weer onderweg een sigaret draaien, ik heb mijn handen immers vrij, normaal is er één bezet door een stok. Ik word niet zo gauw moe en kan de hele dag mee. Duwen heeft nadelen. Je bent met iemand op stap maar die zie je niet; om Jos aan te kunnen kijken moet ik me in een bocht wringen of mijn hoofd achterover kiepen. Soms steek ik mijn hand achter mijn rug om hem even te voelen.

En ik zie iedereen kijken. Naar mij, naar Jos. Naar mijn stoel. Ik zie iedereen kijken, of juist beleefd wegkijken. Dat heet: iemand ontzien. Ik besta niet meer, ik ben een rolstoel geworden. Een medegehandicapte medemens. In de Parijse musea krijg ik tot mijn verbazing korting. De weg tussen het CJP en de Pas-65 wordt geëffend door een rolstoel.

Pas de volgende Koninginnedag, april 1990, durf ik met de rolstoel Amsterdam in. Jos duwt me weer. Koninginnedag in een rolstoel is claustrofobisch. Duizend kruisen, alleen nog maar billen en heupen, ik zit gevangen tussen spijkerbroeken, tussen overbloezende buiken en dikke dijen. Gewone mensen, mensen die staan, mensen die op valide ooghoogte communiceren, zien mij aan voor een welkom leeg gat in de volle straten en proberen zich daar naartoe te werken. Vervolgens struikelen ze over mijn voetsteunen of botsen ze tegen mijn stoel aan, en kijken dan bozig naar me alsof ik ze erin heb laten lopen. Ze vallen in mijn gat.

Testen

Soms kan ik er niet tegen dat die ziekte zich zo kan voortslepen en tijdenlang uitsluitend in hoogst irritante kleinigheden aan het licht komt. Moe ben ik, zeurderig moe, bewegingen gaan moeizamer, hier zit een gek gevoel en daar is iets met een spier. Wekenlang ben ik ongewoon moe. Dan wilde ik wel dat er iets onomstotelijks gebeurde, een herkenbare en dramatische klacht; dat mijn lichaam mij de wet schreef. Dagenlang ga ik 's avonds gammel naar bed en wens dan stiekem dat ik morgen, morgen als ik wakker word, eindelijk maar eens een lam been heb. Dat is overzichtelijk. Dan kan ik tenminste gewoon naar het ziekenhuis en daarna uitgebreid opknappen; dat laatste hoort er natuurlijk wel bij, bij dit soort lugubere wensen. Die futiele klachten zijn afschuwelijk: te weinig om me echt zorgen over te mogen maken, te veel om geen acht op te kunnen slaan. Ik ben slecht bestand tegen gezeur en niet weten. Ik heb liever duidelijkheid. Doe mij maar een open vizier en een flinke draak.

Als ik een aanhoudende periode van ergere vermoeidheid heb en weinig kan zonder dat er duidelijke, aanwijsbare klachten zijn, word ik van de weeromstuit futloos en licht depressief. Mijn dagen worden een brij. Ik pak een boek om mezelf bezig te houden en moet elke alinea twee keer herlezen, ik speel uren achter elkaar een dom computerspelletje en krijg daar dode vingers van omdat mijn hand op steeds dezelfde plek op de tafelrand rust. Ik verlies elk animo, mijn hoofd raakt kwijt en niets kan me echt boeien. En dat maakt me nog moeier: van mezelf, van mijn hoofd, van mijn lichaam. Of misschien werkt het precies andersom: omdat ik futloos ben en licht depressief, ben ik niet langer in staat voorbij te gaan aan de klachten die ik anders, in tijden van feestelijk leven, met een groots gebaar opzij schuif.

Welke weg ik ook bewandel, zo'n periode is een ingenieus voorbeeld van hoe lichaam en geest samenwerken – samen*spannen*, in dit geval; want tussen die geestelijke en lichamelijke component zit ergens nog een andere ik verstopt die gek wordt van dat gedrein en dat ondermaatse leven. Een ik die gewoon wil werken en leven en dingen doen en daarvan genieten. Een ik die het gezeur meer dan zat is. In zo'n geval neem ik een enkele keer mijn toevlucht tot een kuur; die heeft de magie om me uit die mal makende cirkel van matheid los te weken.

Maar tot zulke beslissingen kom ik pas na eerst mijn lichaam uitgebreid getest te hebben: ik leg mezelf proeven op, probeer mijn lichaam informatie te ontfutselen over de stand van zaken. Als ik overweeg of ik een kuur nodig heb, een nieuw compromis moet gaan bakken, doe ik uit een combinatie van pure balorigheid omdat het me toch allemaal niets meer kan verdommen en een perverse zucht naar duidelijkheid, meer dan ik fysiek aankan. Onverantwoordelijk gedrag. Expres te weinig slapen, expres te weinig eten, expres te laat naar bed – of erger. Zo heb ik ooit, toen ik weer alleen woonde en mijn lichaam maar voortzeurde, eigenhandig mijn boekenkast opnieuw ingedeeld: alle boeken eruit gehaald, nieuwe planken ertussen gewurmd, de schotten verplaatst en de boeken er weer in gezet. Het was nodig de boekenkast uit te breiden, daar niet van, maar er waren zoveel mensen geweest die ik om hulp had kunnen vragen. Ik wilde dat niet. Ik wilde het zelf doen. Ik wilde mezelf testen. Stort ik halverwege in? Krijg ik die boeken eruit? Kan ik dat tussenschot zelf opnieuw vastmaken? Hoe voel ik me na afloop? Geeft mijn been het nu op of hoe zit dat?

Er kunnen grofweg twee dingen gebeuren: ik houd het vol, en dan is mijn lichaam in orde en moet ik mezelf geestelijk onder handen nemen; als ik het niet volhoud was het mijn hoofd niet, en dan mag ik het fysiek even opgeven en het ziekenhuis in. Ik forceer een keus.

Martelpraktijken. Als mijn leven teveel zeurt neem ik mijn lichaam krachtdadig de biecht af.

In november 1989 is het zover. (November 1989 – ik meet het voortschrijden van de tijd tegenwoordig af aan de achteruitgang van mijn lichaam. Mijn chronologie bepaal ik aan de hand van de hoeveelheid hulpmiddelen, de progressie van mijn ziekte. Wanneer was dat ook alweer vraag ik me af, en sla aan het rekenen: ik liep in die tijd nog met een beugel, toen had ik mijn tweede rolstoel al, nee dat was voor ik blind werd: dat moet derhalve negentienzoveel zijn geweest. Ik leef sinds ik ziek werd in invaliditijd.) Wekenlang ben ik moe en wil er meer niet dan anders. In overleg met mijn neuroloog besluit ik een kuur te gaan doen; de vorige was een jaar geleden.

Het ziekenhuis. Ik leer elke keer meer over het ziekenhuis. Inmiddels herken ik het gemak waarmee ik me terugtrek op mijn eigen bed en in mijn eigen hoofd; mijn belevingswereld slinkt binnen luttele dagen totdat de zaal het universum lijkt. Ook het gemak waarmee mensen op de zaal onderling contact leggen, wordt me vertrouwd. In het ziekenhuis heerst een overdaad aan cruciale momenten, iedereen heeft vaker dan anders steun en schouders nodig.

In de loop van de jaren dat ik het ziekenhuis frequenteer, zie ik de kleding van patiënten veranderen. Zieke mensen hullen zich tegenwoordig in vrijetijdskleding. Er zijn nauwelijks nog pyjamaatjes, ponnen, peignoirs of kamerjassen te bekennen, alleen nog shorts en joggingbroeken. Ziek zijn is kennelijk een sport en deswege aan mode onderhevig. Er zijn twee soorten kamers op de afdeling neurologie: high care en medium care. Als je onder low care valt mag je het ziekenhuis niet in. Op high care zie je trouwens nog de meeste pyjama's en nachtjaponnen.

Ik maak steeds dezelfde fouten in het ziekenhuis. Ik vergeet altijd een zakflesje drank mee te nemen om 's avonds de slaap makkelijker te laten komen; ik vergeet oordopjes te kopen en word onrustig wakker vanwege gepiep, gefluit, gesnurk, gestommel en gehijg in aanpalende en tegenoverliggende bedden. Ik leer ook. Ik leer de verpleging kennen. Er is een vaste kern temidden van wisselende gezichten. Ik leer dropjes mee te nemen tegen de vieze smaak van prednison die over mijn tong kruipt en daar twee uur blijft plakken. Ik leer me minder te laten confisceren door andere patiënten en houd meer tijd over om te lezen. Ik leer onthecht te zijn in het ziekenhuis.

Ik leer mensen te bellen wanneer ik het ziekenhuis in ga, om mijn bezoek te regelen. Maar soms zijn er opeens drie mensen tegelijk en dan mis ik de intimiteit om mijn zorg te spuien of om omhelzingen te vragen. Met elke prikkende traan riskeer ik een groepsgesprek en radeloze blikken, terwijl ik eigenlijk alleen maar tegen iemand wil aanhangen, een arm om me heen nodig heb.

Wat ik nooit leer is de spanning van het bezoek. Zeker niet wanneer ik hoop op de komst van iemand die speciaal voor me is. Als ik in de rookkamer zit tijdens bezoekuren schieten mijn ogen telkens naar de lift in de hal, daar pal tegenover, zodra die ping doet. Zou dat...? Nee. – Ping. Misschien nu? Nee. – Ping. Naar mijn kamer gaan helpt iets, daar komen minder mensen langs en klinkt de bel van de liftdeuren niet door, mijn hart spitst daar minder vaak zijn oren. Op bed realiseer ik me opeens dat ik niet van al mijn vrienden en intimi de voetstap herken. De stappen van mijn vader, van mijn moeder, de loop van Jos, de pas van Christiane, Anneke, Liesbeth of Antoine herken ik feilloos. Maar de anderen niet altijd – hoe onnadenkend, hoe jammer. Een lacune in de vertrouwdheid. Vroeger hadden we een cavia die het geluid van mijn moeders auto herkende. Er konden twintig auto's voorbij komen en vijftig auto's voor onze deur stoppen, alleen bij háár auto begon Gijs oorverdovend te fluiten. Vreugdegehuil. Om de mevrouw van de slablaadjes.

Het lichaam als kletskous

Na een week kuren mag ik naar huis. Drie weken later stribbelt een been tegen, het doet zeer wanneer ik erop sta en één keer zelfs wil mijn voet niet meer omhoog maar alleen naar links of naar rechts wanneer ik mijn spieren span; mijn voet gedraagt zich vijf minuten lang alsof er een tegenpolige magneet vlak boven mijn wreef zit, alsof de spierkracht zich opzij een weg baant aangezien de weg naar boven versperd is. Mijn voet zwiebelt en zwaait. Ik kijk verward toe en voel me een buitenstaander in mijn eigen lichaam. Is dat míjn voet? Dit *doe* ik niet. Ik verlies elke greep, ik heb hier geen invloed op, wat gebeurt er toch allemaal binnenin? De volgende dag bel ik paniekerig mijn specialist. Ik ben verdomme net het ziekenhuis uit! Mijn voet!

Hij onderzoekt me en zegt dan dat ik een hernia heb. Ik kijk hem stomverbaasd aan en begin onhandig, wat kwaad ook, te giechelen. Ms, en dan bovendien een hernia? Ik laat me ontmoedigd op een stoel vallen; er zijn toch grenzen, ik heb het al zo druk met mijn lichaam. Een hernia, waarschijnlijk omdat ik scheef loop vanwege mijn stok. Een hernia, dat is waar, bedenk ik twee tellen later, dat kan ook nog, er is meer te koop dan ms. Niet alles waar ik last van heb hoeft een teken aan de wand te zijn. Niet alles waar ik last van heb hoeft ongeneeslijk te zijn. En opeens komt die hernia me heel menselijk voor: net als ieder ander kan ik een nare kwaal oplopen. Ik ben niet altijd een medemens.

Er gaan altijd zo snel bellen bij mij rinkelen en lampjes op rood. Zodra er iets in mijn gewaarwording verandert ben ik op mijn qui-vive. Ben ik dat, of is dat de omgeving?

Tijdens de januaristormen in 1990, toen ik nog met Jos in de torenflat woonde op veertien hoog, zat ik achter de computer te werken en voelde me opeens licht zeeziek worden, er golfde iets misselijk makends in me heen en weer. Onmiddellijk dacht ik aan een herhaling van mijn evenwichtsstoornis; pas toen ik zag dat de wijn in mijn glas meegolfde realiseerde ik me dat het de flat maar was, de flat die zwiepte in de storm. Ook eng, maar tegelijkertijd o zo geruststellend; het is de storm maar, ík ben het niet.

Als ik troebel zie is mijn eerste ingeving snel te knipperen: om na te gaan of er iets met mijn ogen is of dat er misschien gewoon een waas op mijn contactlens zit. Als er iets kriebelt op mijn arm moet ik kijken om te weten of het een beestje of een stofje is, of een spiertic. Als ik een dode vinger heb weet ik niet of dat van de kou is of van een zenuw die kuren vertoont. Als de bovenrand van mijn gezichtsveld donker is, kijk ik in een reflex omhoog, om uit te zoeken of het mijn ogen zijn of dat het balkon van mijn bovenburen me het zicht beneemt. Egale vlakken zijn bedrieglijk, want ze bewegen. Minstens vijftig keer per dag meen ik vanuit mijn ooghoeken een spin of een insect over muren of vloeren te zien lopen, of kruipt er een onuitsprekelijk zwart iets op ooghoogte voorbij. Ik ben bang voor spinnen; gejaagd schieten mijn ogen opzij om te kijken of mijn schrik ditmaal gefundeerd is.

Gelukkig is er meestal niets aan de hand; *ik* was het maar. Controle, controle. Altijd proberen te traceren. Altijd even kijken en gerustgesteld worden. Het is de omgeving maar.

Een modieus maar inmiddels al bijna klassiek cliché is dat je, zeker in het geval van ziekte, beter naar je lichaam moet leren luisteren, met als onuitgesproken implicatie dat je al luisterend gezonder blijft of wijzer wordt en in ieder geval consequenties dient te trekken uit je gewaarwordingen.

Luisteren naar je lichaam. Hou toch op. Als ik dat écht zou doen, zou ik daar een dagtaak aan hebben. Ik moet juist leren niet op te letten. Ik voel bij nadere inspectie *altijd* iets raars. Mijn knieën branden of mijn hand bibbert, een spier verroert zich, mijn vingers voelen vrieskou, mijn benen prikken en zoemen of er wriemelt iets voor mijn ogen. Mijn kin is dood of er schemert een lichte stijfheid in de linkerhelft van mijn onderlip. Mijn lichaam is een leuterende kletskous, een babbelzieke theetante die met lawaaikleren en kletterende sieraden onophoudelijk mijn aandacht wil trekken. Wij zijn helemaal niet on speaking terms. Mijn lichaam zou mijn dagen volbabbelen met inhoudsloze praatjes. Ik moet Oost-Indisch doof zien te worden. Als er écht iets aan de hand is, merk ik dat vanzelf wel.

Er zijn zoveel soorten gevoel: beursgeslagen plekken, gezoem in mijn spieren, kachelvoeten, dove of dode plekken, tintelingen, naaldenprikken, brandende plekken, onderhuidse mierenhopen, hete thee die over mijn been of langs mijn zij golft, tocht die over mijn schedel of mijn rug kruipt en voor kippevel zorgt, een uitdijende onderhuidse vrieksplek, ledematen die aanvoelen of ze hun plaats kwijt zijn. Alleen helemaal niets, de totale gevoelloosheid, ken ik nog niet. Zoveel soorten gevoel – en dan heb ik het nog niet eens over bewegingen. Ook daar bestaat een ongebreideld scala tussen wel en niet, tussen ja en nee: spieren kunnen de hik hebben of kramp krijgen, een hand of vinger kan onbeheersbaar trillen, benen kunnen ongecoördineerd doen, bewegingen kunnen traag zijn en krachteloos of gewoon maar akelig halfwas. Mijn ogen kunnen krioelen, onscherp worden, dronken zwemmen of vol raken van te lange nabeelden. Geluiden kunnen genadeloos hard weerklinken, of juist verstopt raken achter een deken van zoemend geruis dat langzaam de overhand neemt: een doofheid die lijkt op degene die ik ken na afloop van een thrash-metalconcert.

Mijn lichaam is een ontstemd orkest, een rommelige jamsessie, een massieve wall of noise waaruit soms een snerpende gitaar opklinkt. Ik ben *Einstürzende Neubauten* in levende lijve, beleef Blixa's reis door zijn Zentral Nervensystem dagelijks. Tanz das ZNS. Maar Blixa zingt mooier.

Op een envelop wil ik een adres schrijven en opeens weet mijn hand niet meer hoe een bepaalde letter ook alweer geschreven moet worden; mijn hand stokt; de verbinding tussen hoofd en hand is gestremd. Die dient via opperste concentratie weer hervonden te worden. In gedachten produceer ik het beeld van de betreffende letter en draag ik mijn hand op de lijntjes daarvan op papier over te trekken. Soms mik ik – of mikt mijn hand, dat valt niet uit te maken – verkeerd en komen de letters dwars door elkaar heen op het papier terecht of ik sla letters over. Mijn handschrift varieert per dag. Per uur, soms. Van hakkelig tot eindelijk weer vloeiend; van ruim opgezet tot ik-snap-ook-niet-waarom zo-wilde-ik-niet benepen klein. Mijn eigen handschrift beheers ik niet langer, wat ik als gênant ervaar: alsof er een beetje ik teloor is gegaan. Het is iemand anders die schrijft.

Plotseling ben ik een ledemaat kwijt en weet ik niet meer waar ik het heb neergelegd. Zoekend kijk ik om me heen om uit te vinden waar ik die arm of dat been nu ook alweer heb gelaten – ha daar, hij zit gewoon aan me vast en rust op de bank of ligt over mijn andere been heen. Kwijt. Niet van mij. Het voelt als niemands been in het bijzonder, het is zo maar een been dat wat met mij meeloopt en dat ik als een onwillig veulen in toom moet houden: néé niet die kant op, we gingen daarnaartoe, weet je nog wel? Dat hadden we toch afgesproken? Wanneer Oliver Sacks daar in *The Disembodied Lady* over schrijft (het betrof een dame die het fysieke besef van haar héle lichaam had verloren; het verschijnsel heet proprioceptie), klinkt het uitermate interessant en komt het de lezer wellicht zelfs voor als een ervaring die, mits tijdelijk, benijdenswaardig is uit pure vreemdheid: zoiets te mogen meemaken! In mijn werkelijkheid zijn het episodes vol beteuterd onbegrip. Hoe ik me ook inspan, ik kan maar niet begrijpen dat dit mijn been is. Dat is het ook niet. Het is een leenbeen, waarschijnlijk.

Of een spier heeft de hik. De hik: een krampachtige samentrekking van het middenrif. Mijn hik kan overal huizen, mijn lichaam is één groot strottehoofd dat mij haar taal krampachtig bijbrengt. In Artis zag ik eens een Indische python die de hik had. Hij lag opgekruld in de hoek van zijn glazen kooi en al zijn opgetaste meters schokten mee; een slang is, zo bleek hier, uitsluitend middenrif. Geen centimeter van de slang ontkwam aan deze alomvattende hik. Hij hief zijn kop in meelijwekkende gelatenheid, niemand die een glaasje water voor hem had om hem van zijn spasme te bevrijden. Tanz das ZNS.

Mijn middenoor kan de hik hebben. Dat merk ik alleen wanneer ik juist met dat oor op een kussen in bed lig: die positie veroorzaakt een afgesloten akoestische ruimte waarin de hik kan resoneren. Ik weet niet of ik het spiertje voel dan wel hoor bewegen, de sensatie beslaat beide zintuigen. Het klinktvoelt. Het kussen onder mijn oor is het equivalent van een schelp: ik zet een zeehuis aan mijn oor en hoor de branding noch het ruisen van mijn bloed; het spasme lijkt eerder op een watjesschietende mitrailleur. Plopplopplopplop.

Als mijn tong de hik heeft, word ik gaandeweg misselijk. Als een spier in een ooglid de hik heeft, ben ik bang dat mijn lenzen eruit vallen. Als mijn neusvleugel hikt word ik akelig van het gekriebel; als mijn duim hikt doodmoe. Onder mijn voetzolen verdringen ze zich soms, de spasmen: alles zwelt en klopt en bolt en trekt. Beelden uit horrorfilms. Straks barst mijn zool open en kruipt er een monster uit. Mijn voeten herbergen *aliens*, ik wou dat Ripley hier was.

Hels kan ik worden wanneer iemand me zegt dat hij of zij soms ook last heeft van een spasme in een spier. Dat is geen vergelijking. Ten eerste vind ik zo'n spasme alleen nog het vermelden waard wanneer het een grote spier betreft en het spasme langer dan een uur doorgaat. (Een uur lang ploink – ploink – ploink – ploink over de hele lengte van mijn arm of dijbeen, iemand tokkelt een eentonige dreun op een snaar in een ledemaat; uitputtende en tergende monotonie: mag er in hemelsnaam eindelijk een andere plaat op? Ik houd van energieker muziek.) Ten tweede is juist een grote spier die opspeelt al te dikwijls verbonden met periodes van terugval: het lijkt een voorbode of tenminste een accompagnement daarvan. Dus, en ten derde: er lijkt iets mis. Grondig mis. En in mijn arm nota bene. Als mijn armen de moed opgeven, wil ik niet meer; als ik niet meer wil, moet ik dood. Als een grote spier in mijn arm vals speelt, staat mijn dood ineens naast mij. Iemand speelt een elegie op een spier in mijn armen. En dat wilde Ú vergelijken met Uw onschuldige wissewasje? Lazer toch op.

Er zijn zoveel soorten gevoel, zoveel soorten storingen daarin. Mijn specialist bezweert dat allemaal met zijn taalgebruik. Ik vertel van brandende plekken, een knellende band om mijn arm, van doffe dreunen en loodzware ledematen, van hikkende spieren en bibberige handen en armen. Hij zegt: je hebt last van krachtverlies, of van een tremor.

Hij vertelt me dat ik een hernia heb. Na anderhalve week twee uur per dag plat is de pijn in mijn been weg.

Deel 3

Binnenstaanders

Gon belt. In Assen worden binnenkort de Wereldspelen voor Gehandicapten gehouden; eigenlijk moeten we daar naar toe zegt ze, voor ons boek. Sport is immers nauw verbonden met lichaamsbeleving, en waar anders hebben we de kans zoveel mensen met een handicap te treffen die we kunnen fotograferen en interviewen? We regelen op de valreep een accreditatie en logeeradressen.

De officiële opening van de Wereldspelen, op 14 juli 1990, vindt plaats tijdens een weekend dat ik bij mijn vriendin in Nijmegen logeer. Zij houdt van sport, ik niet; bij gehandicaptensport kan ik me niet bijster veel voorstellen. We zetten ons voor de televisie om te kijken; de laatste dagen heb ik veel gelezen over de ontstaansgeschiedenis van de Wereldspelen, en het kan geen kwaad de opening te zien.

Bij officiële openingen van internationale wedstrijden schijnt het de gewoonte te zijn alle deelnemers te laten defileren. Zo ook nu. Land na land presenteert zich. Achter de landsvlag komen de deelnemers, ordelijk maar wreed gesorteerd naar mate van invaliditeit. Eerst alle sporters in een rolstoel, dan de afdeling krukken, en daarna degenen die los kunnen lopen: kleine mensen, licht spastische mensen, dove mensen, blinde mensen. Mijn god. Zoveel mensen met een handicap, en die moeten sporten, elkaar beconcurreren, hardlopen en vechten? Een parade der wanhoop, triestheid troef. Ik kijk gegeneerd en bloos van mezelf. Betrapt op plaatsvervangende schaamte. Ach welnee, hoezo plaatsvervangend – betrapt op mijn eigen schaamte.

Enigszins bevangen reis ik twee dagen later naar Assen. Ik wapen mezelf met professionaliteit tegen wat ik zal aantreffen. Hier hoor ik niet bij. Ik ben geen medemens, ik ben niet zielig, ik kom hier beroepshalve. Er moeten pasfoto's gemaakt, ik krijg mappen en folders en een perskaart die aan een touwtje om mijn nek moet. Anderhalf uur later betreed ik het kamp en drink met Gon daarna een kop koffie om bij te komen van het reizen en het wachten en het staan.

We gaan eerst naar de atletiekbaan. Straks zullen daar hardloopwedstrijden worden gehouden; de baan wordt nu in beslag genomen door mensen die oefenen, zich warm lopen of rijden. Er komen een paar mensen in sportrolstoelen voorbij, vreemd langgerekte, heel geavanceerde stoelen waar ze opgevouwen in zitten; spastische mensen draven rondjes; alles zwabbert aan ze, ze rennen als mallemolens. Gon vertelt over de foto's die ze al gemaakt heeft, over de oom en tante bij wie ze logeert. Af en toe wijst ze mensen aan, sporters, mensen met wie ze gesproken heeft. Ik luister maar half, kijk maar half. Ik wil hier niet zijn. Naast de renbaan vind ik een hek waarop ik kan zitten als ik me in evenwicht houd met mijn stok. Er kijken mensen naar me.

Na een uur begint er een wedstrijd. Een sprint. De deelnemers staan aan de andere kant van de baan, ze zullen vlakbij de plaats waar Gon en ik staan finishen. Het startschot wordt gelost; ze beginnen te rennen. Ze komen dichterbij, snel, sneller, veel sneller dan ik me kan voorstellen. Olympisch snel, dunkt me. En er *is* ook niets met ze: geen rolstoelen, geen wapperende armen of uitzwierende benen, wat hebben ze toch in hemelsnaam? Ze lopen zo snel, ze lopen uitzinnig snel, met deze mensen kan toch niets aan de hand zijn? Mijn blik verandert, ik ben niet meer gedistantieerd. Verbaasd raak ik, en gefascineerd: door hun tempo, hun gemak, hun volstrekte vanzelfsprekendheid van bewegen, van hard en snel en strak bewegen vooral. Ze rennen gemeen hard. Pas als ze op veertig meter afstand zijn zie ik het. Alle sprinters hebben een beenprothese. Gewone bovenbenen, normale knieën; gewone sokken, normale schoenen; en daar tussenin een dunne spijl van gebogen geplet staal. Ze rennen, ze rennen de mensen eruit van wie ik wel eens denk: wat hándig als je kunt rennen. Ze rennen de dansers die mijn wereld bevolken met gemak voorbij. Ik kijk beduusd en ineens vol ontzag toe, en applaudisseer warempel bij de finish.

's Avonds eten Gon en ik een broodje in het deelnemerskamp. We lopen wat rond; Gon wijst me de verschillende gebouwen aan. De drie gebedshuizen: oecumenisch, islamitisch en orthodox. De tent waar de deelnemers eten, de barakken waar ze slapen. Hekken met bewakers. We spreken met een trainer van de Nederlandse deelnemers. De ploegen uit Irak en Iran zijn groter dan de vorige keer, vertelt hij; de zegeningen van de zojuist gestaakte oorlog. We gaan iets drinken op het terras. En overal, overal mensen in rolstoelen, mensen met krukken, mensen die zich moeizaam voortbewegen, mensen die soepel met hun stoel manoeuvreren, mensen met begeleiders, mensen alleen en mensen samen. Mensen die drinken, mensen die lachen en plezier maken en praten en dronken worden. Een kamp vol medemensen.

    Ik kijk. De gêne om naar mensen met een handicap te

kijken heb ik sinds lang de grond ingeboord. Die besmuikte blik hoort bij mijn valide verleden en past me nu niet meer. Op straat, wanneer ik in het wild iemand tegenkom met wie zichtbaar iets is, kijk ik altijd, nadrukkelijk zelfs, en schat in: wat heb je, hoe is het met je, dág kijk ik, ik kijk niet weg, ik ontzie je niet. Hier in Assen heb ik daar mijn handen aan vol, aan dat kijken.

En onverwacht verschuift het perspectief. Opeens gaat het er niet om dat ik hen wil inlijven en hun bestaan erkenning wil geven met mijn blik, maar besef ik dat *hun* blikken anders zijn. Ik voel me er anders onder. Het zijn blikken van binnenstaanders. Ze kijken naar me zonder verschil. Ze kijken simpelweg.

Ze maken me mens. Hun blikken ontdoen me van mijn handicap. Die is bij toverslag volstrekt normaal en in zekere zin zelfs verwacht. Wat had ik hier te zoeken als ik niet iets heb? Hun blikken brokkelen iets af waarvan ik me niet eens heb gerealiseerd dat het me hinderde en belemmerde, me stroef en ongemakkelijk maakte: ik hoef me niet te verweren tegen hun blik. Als mensen hier naar me kijken is dat om mij, omdat *ík* ze opval en niet mijn handicap. Ze nemen een onzekerheid weg die zich nu, door de ontstentenis ervan, pas prijs geeft. De verwarring die me doordesemt verliest zijn bestaansgrond, de eeuwige vraag: kijken mensen nu naar me om mezelf, omdat ik leuk ben of chagrijnig kijk of juist vrolijk of een malle jurk aan heb of een mooi t-shirt, of kijken ze naar me – bewaar me, en ik wapen me – om mijn stok en mijn krakkemikkige lopen? Of omgekeerd: kijken ze me niet aan omdat ze me gewoon niet zien, of juist omdat ze niet durven kijken?

Het effect van die blikken is ingrijpend. Gon en ik merken het alletwee. Gon met haar gezonde lichaam – een ontstoken pees hier, overgangsklachten daar, maar in essentie gezond, valide, niet gehandicapt – beseft voor het eerst tot op het bot hoe weinig vanzelfsprekend dat gezonde lichaam van haar is. Ze maakt onvoorbereid deel uit van een minderheid en voelt zich van de weeromstuit geroepen haar aanwezigheid hier te rechtvaardigen, uit te leggen dat ze een gegronde reden heeft om hier te zijn. En ik – ik groei, ik laaf me. Er kijken veel mensen naar me, en ze kijken naar me om mezelf. Het is een weldadige, verrassende opluchting; ik ben zo gewoon ineens, en toch kijken er veel mensen naar me. Ik voel me mooier en losser en soepeler worden, loop zelfs trotser. Het kan me geen lor meer schelen dat mensen naar me kijken, ik ben uitgelaten dat mensen naar me kijken. Zoveel mensen met wie iets is, en ze kijken naar *mij*. Ik verdedig me niet tegen blikken, voor het eerst sinds jaren zijn blikken weer vleiend.

Assen. Ik ben niet de enige die Assen een verademing vindt. Er blijken vaste bezoekers te zijn van de Spelen, mensen die vanuit de verste uithoeken van het land elke dag opnieuw naar Assen reizen, hoeveel moeite ze dat ook kost, en deelnemers die eigenlijk niet zozeer meedoen voor de sport maar voornamelijk vanwege het plezier nu eindelijk eens niet een geval apart te zijn. De paradox van de Gehandicaptenspelen is dat de deelnemers hier komen bij de gratie van hun handicap en tegelijkertijd niemand daar meer op let. De blik is vrij. We zijn onder ons.

Dat heeft consequenties voor de aanwezigen. Mijn opluchting zie ik terug bij andere mensen. Vrijwel niemand heeft hier de neiging zijn of haar handicap te verbloemen. Protheses worden alleen gedragen wanneer iemand daar daadwerkelijk profijt van heeft; de cosmetische protheses, de neparmen en -benen voor de sier en tegen het oog van de buitenwereld, gaan uit of af. Mensen zonder benen roetsjen op skateboards door het kamp in plaats van hun keurige maar soms lastige rolstoel te gebruiken. Iedereen kijkt naar elkaar. Soms ook schattend: is dat een leuk iemand voor een gesprek, voor een drankje, voor een avondje uit? En ik ben wezenloos opgelucht. Eindelijk medemens áf. Ik val gewoon op.

Die avond versplintert mijn argwaan jegens Assen. Ik zie geen stoet van invalide sporters meer. Gon en ik spreken met veel mensen en wonen wedstrijden bij. De gesprekken in Assen zijn anders dan de interviews die ik al gedaan heb: opgewekter van toon, openhartiger ook.

Eerder heb ik vooral met vrouwen gesproken; de mannen durfden minder, of leken soms vervelende bijbedoelingen te hebben. Hier zijn mannen in overvloed, ook gehandicaptensport is niet echt een damesaangelegenheid. Met sommige mannen trek ik een dag op. En ik word verliefd. Op Udo, of misschien op de Spelen, op de vrijheid die ik hier leer. Udo heeft een dwarslaesie op borsthoogte en is boogschutter. Niet van sterrenbeeld maar van sport. We spreken uitgebreid, we zoenen wat. We hebben het veel over rolstoelen, we worden samen dronken en wisselen adressen uit.

In Assen word ik koppig. Ik zie mensen die slechter zijn dan ik ooit zal durven zijn, die niettemin meer doen en meer kunnen. Ze duwen bijvoorbeeld hun eigen stoel. Ik heb me altijd laten duwen, heb me zo laten imponeren door de wetenschap dat ook mijn armen te lijden hebben gehad dat de gedachte om uit te zoeken hoe sterk ze eigenlijk nog waren, nooit is opgekomen. Ik verliet me vanzelfsprekend op Jos. Hij duwde, hij tilde de stoel in en uit bussen en treinen. Ik zat alleen maar. Ik was invalide, immers?

Na vijf dagen ga ik naar huis. Op het Centraal Station kijk ik onwennig om me heen. Weinig handicaps te zien, ineens; ik voel me enigszins ontheemd en kan een gevoel van spijt niet onderdrukken.

Op eigen wielen

Vlak na Assen gaan Jos en ik met mijn ouders een weekend naar België. De stoel gaat mee, de stoel die ineens meer mijn stoel is geworden. Het weekend komt erg ongelegen. Tussen Jos en mij zitten de dingen scheef, en mijn verliefdheid compliceert dat. Bovendien ben ik tegenwoordig koppig.

In Antwerpen besluit ik dat ik zelf wil rijden. Jos is gebelgd en vat mijn voornemen om eindelijk te proberen of ik me alleen kan redden op als een teken aan de wand. Terecht. En onzin.

Gewoon rijden gaat prima, maar bij de eerste stoep die ik wil nemen kiept de stoel om en val ik eruit. Mijn ouders en Jos snellen geschrokken toe, helpen me overeind en zetten me weer in de stoel. Jos kijkt kwaad.

We zijn drie dagen in Antwerpen; aan het eind van de eerste dag krijg ik de stoep onder de knie. Mijn moeder, die naast me loopt, slaat mijn pogingen gade en helpt elke keer als het niet lukt. Deze keer gaat het goed: ik wip tijdens het rijden mijn voorwielen over de stoeprand heen, en weet genoeg vaart te houden om mijn achterbanden erover heen te trekken. Met stoel en al sta ik op de stoep. Zonder hulp. Mijn moeder en ik lachen trots. Jos zag het niet, die liep voor ons uit, en wanneer ik hem het trucje wil demonstreren haal ik het net niet. Dit vergt oefening.

In die drie dagen in België leer ik behendigheid. Zelf

rijden gaat aanzienlijk langer dan ik dacht te kunnen, en geeft een meerledig gevoel van vrijheid. Het tempo is niet afhankelijk van anderen; ik kan zelf bepalen of ik wil stilhouden voor een etalage en hoef niet aan Jos te vragen of hij kan stoppen; ik kan verderop wachten als anderen iets bekijken dat me niet interesseert. Maar wat meer is: voor het eerst proef ik weer gemak in mijn bewegingen. De snelheid is terug, en een nieuwe elegantie. Eindelijk niet zo traag. Anderen houd ik met gemak bij of haal ik zelfs in, ik draai om mijn as, maak vaart en stop met een scherpe bocht. Ik krijg lol in de rolstoel en heb schik in de blikken die mensen op me werpen. Onafhankelijk plezier. Ik wil vaker op eigen wielen.

Na Assen leer ik beter om hulp niet meer op voorhand te accepteren en eerst zelf te proberen wat kan en wat niet. Het beeld van onvermogen zit me minder dwars, mijn fysieke onzekerheid en het gemak waarmee ik mezelf invalide verklaarde, laat ik bij stukjes los.

Voor het eerst probeer ik alleen, zonder Jos, met de stoel de stad in te gaan. Bij de bushalte klap ik mijn stoel in op de gok dat een willekeurige medepassagier hem naar binnen wil tillen; de meneer die ik aanklamp kijkt eventjes verbaasd maar werkt van harte mee. Op het station helpt iemand anders de stoel er weer uit; ik vouw de stoel open en rij verder. Warm van inspanning en nieuwigheid, maar trots als een pauw. In mijn eentje op pad.

Nadien wordt de rolstoel van mij. Het nadeel van het sjouwen ermee – trappen op, bussen in, trams uit – wordt ruimschoots overtroffen door de winst van de snelheid en de trefzekerder manier van voortbewegen. Met stoel ben ik veel mobieler dan met een stok, en langzaam leer ik erop te vertrouwen dat er altijd wel iemand is die hulp biedt als het me alleen niet lukt. De betoonde vriendelijkheid van passanten en anonieme mensen relativeert de modieuze verhalen over de kilheid van de huidige samenleving. Trambestuurders houden voor me in, taxichauffeurs zijn op een onnozele uitzondering na voorkomend en helpen met instappen, iedereen die ik aanschiet pakt de boodschappen van de hoge planken in de supermarkt of helpt mijn stoel het openbaar vervoer in en trappen op. Wie durft er ook bot te doen tegen een gehandicapte, zegt de cynicus in mij, maar ook de cynicus moet toegeven dat het zonder die beleefdheid en vriendelijkheid aanzienlijk moeilijker zou zijn. Lang leve het decorum.

Ik leer de finesses van het vak. Er zijn details die alleen aan routiniers bekend zijn. Iemand in een blauwgrijze stoel is meestal iemand die een leenstoel heeft; dat is maar een tijdelijke collega, een gebroken been ofzo. De stoelen die je tegenwoordig voor permanent gebruik toegewezen krijgt zijn moderner en hebben kleurtjes. Ik ontdek het verschil in soorten wegbeleg: kinderhoofdjes hobbelen misselijk makend, op asfalt kun je hard rollen, en veel straten die recht lijken hellen onverbiddelijk naar opzij. Vals plat, dan moet je vreemd met een hand corrigeren en afremmen terwijl je met de andere duwt, anders rijd je de goot in. De ene stoel heeft een betere wegligging dan de andere; ik zoek nog naar het type banden dat houvast biedt wanneer de sneeuw aankoekt tot ijs. Er zijn geen sneeuwkettingen in mijn maat. De fietsenmaker keek verbaasd toen ik met mijn eerste lekke band aankwam – ook rolstoelbanden gaan kapot, daar staat niemand bij stil; wanneer ergens glas kapot valt, in een café of een winkel, is mijn eerste reactie altijd: »oh gut mijn bánden! Straks ben ik lék...« – maar had de dag daarop een plank voor zijn winkel die als oprit diende. Voor honden ben ik banger, ze happen nu op gezichtshoogte. Het strand trekt tegenwoordig in omgekeerde volgorde aan me voorbij: een strandwandeling moet je met minstens twee vrienden maken, en dan nog achterstevoren, anders boren je voorwielen zich in het zand. Twee vrienden, aan elk handvat een, om me te trekken. Als de wind de zeevlokken langs de vloedlijn blaast, blijft dat hangen tussen de spaken en hoepels; mijn banden krijgen schuimen vleugels.

Soms haal ik soorten stoelen door de war. Wanneer ik lang achter elkaar in de rolstoel heb gezeten en net verhuisd ben naar een gewone-mensenstoel, beweeg ik onwillekeurig mijn handen ergens ter hoogte van de zitting wanneer ik me wil verplaatsen. Om vooruit te komen. Maar gewone stoelen rollen niet. Als me dat gebeurt, word ik altijd herinnerd aan het schaatsen van vroeger: als ik flink had geoefend – het wilde maar niet lukken, dat schaatsen, ik viel toen ook al te vaak en had altijd kapotte knieën – zat de schaatsbeweging dermate in mijn benen dat ik ze nog naar links en rechts voelde uithalen terwijl ik allang weer thuis op de bank zat. Mijn lichaam denkt in termen van beweging: of dat nu door middel van handen & banden is of op benen, maakt verder weinig uit.

De stoel geeft me mijn benen terug, en ik leer de stoel uit te buiten. Wanneer er een feest is met dansen na en ik ondanks het bal toch ga – om het verlies van het dansen moet ik bij vlagen nog steeds huilen, niet kunnen dansen is eigenlijk erger dan slecht lopen – blijkt de stoel onvermoede kwaliteiten te hebben. Anneke moedigt me al jaren aan om met steun van de stok te dansen maar ik weiger dat steevast; ik had vroeger het idee dat ik dat redelijk kon, dansen, en het verschil met het huidige gestuntel komt me dusdanig schril voor dat ik elke poging op voorhand afwijs. En een stoel, hoe kun je nu dansen in een stoel? De essentie van dansen is dat je je lichaam op de muziek beweegt, niet dat je rondjes rijdt. Anneke is ook op het feest. Wanneer de luidsprekers de disco inzetten, komt ze dansend op me af en gaat met haar gezicht naar me toe op mijn schoot zitten. Ze zwaait wat met haar armen, voor de grap doe ik mee. Ze glijdt bijna van mijn schoot af en ik pak haar steviger vast. We gaan door. We dansen. Anneke leert me dansen met haar op mijn schoot. Anneke doorbrak mijn schroom. Sindsdien durf ik in de stoel te dansen, en soms zelfs staand met een kruk. Wanneer ik mezelf een vinger toesta, win ik een hele hand.

Wanneer er een gecostumeerd feest is in het voetspoor van het Gay & Lesbian Filmfestival, een zwembadfestijn voor dames, biedt mijn stoel me de gelegenheid een droom te realiseren. Ik maak een costuum en ga als zeemeermin. Zeemeerminnen kunnen ook niet lopen. Mijn staart is van parelmoeren pastel, mijn vinnen zijn van geplisseerde transparante glitter en verstevigd met baleinen. Met mijn staart zit ik in de stoel en dans met iemand met rode schoenen aan.

Spook met taartjes

Tussen Jos en mij gaan de dingen niet goed. We overwegen apart te gaan wonen. Voor de zekerheid schrijf ik me in als woningzoekende. Via herhuisvesting krijg ik een medische urgentie en kom ik op een wachtlijst voor een aangepaste woning.

Onze liefde is overdekt geraakt met een teveel aan alledaagsheid. We raken kribbig en vechten onderhuidse ruzies uit. Ik zoek argumenten om mijn wijkende vertrouwen te verklaren en te legitimeren. We hebben ruzies over verliefdheden en jaloezie en hebben ondertussen al anderhalf jaar nauwelijks fysiek contact. Niets is zo tragisch als de weg weten op een lichaam dat je niet meer roept.

Ik weet niet meer zo goed wat me aan hem bindt: de vertrouwdheid, de gewoonte, het luxueuze leven of hijzelf. Dat die vraag überhaupt opkomt vind ik vreselijk. De gedachte dat ik bij hem zou blijven uit gemakzucht of omdat ons leven, mits de stekelige gesprekken tot een oplossing leiden, eigenlijk heel comfortabel is en dat ik op deze manier jaren door zou kunnen gaan, is een priemende vinger die me ongemakkelijk voor ogen zweeft. Comfortabel is me niet genoeg.

Mijn ziekte maakt de vragen pregnanter. Als ik iets anders wil dan dit, als ik ooit weer alleen wil gaan wonen, kan ik dat beter nu doen dan over vijf jaar. De episode met de rolstoel heeft me geleerd dat ik niet alleen gehandicapt raak door mijn ziekte, maar evenzeer door vanzelfsprekendheden. Samenwonen maakt me luier en minder inventief; ik kan altijd op Jos terugvallen als iets lastig gaat of niet zonder meer kan. Tussen nog vijf jaar samenwonen en vanaf nu vijf jaar alleen wonen zit een ondefinieerbare hoeveelheid zelfstandigheid, een reservoir van onafhankelijkheid dat verwaarloosd of aangesproken kan worden en dat gevormd wordt door duizend kleine dagelijkse klusjes en taken. Taken die Jos vanzelfsprekend overneemt of die ik even vanzelfsprekend aan hem doorschuif versus taken die ik, mits daartoe door noodzaak aangespoord, zelf bij nader inzien wel kan uitvoeren of op een andere manier kan afhandelen.

Over vijf jaar durf ik misschien niet meer alleen te gaan wonen; nu wel. Over vijf jaar boezemt alleen wonen me misschien angst in; nu niet. Het beeld van de Spiegelstraat, het huis waar ik acht jaar alleen heb gewoond, komt boven en neemt me in bezit. Ik droom over de Spiegelstraat, zie tot in details voor me hoe het er daar uitzag. Goed huis. Had ik nooit weg moeten gaan. Maar wel veel trappen.

In december 1990 belt Herhuisvesting dat er een aangepaste woning beschikbaar is op de Oostelijke Eilanden. Ik maak een afspraak om te gaan kijken. Halfhartig eigenlijk, Jos en ik trekken langzaam bij maar de procedure voor het vinden van een huis heb ik laten doorlopen. Ik blijf ambivalent en weet niet goed hoe te beslissen, laat staan wat.

De weken voor het zover is kan ik 's nachts nauwelijks slapen; duizend vragen houden me wakker. Wat wil ik met Jos? Hoe moet het met de boodschappen? Is daar een supermarkt in de buurt? Zou het beter met ons gaan als we apart wonen, of zet de afkalving dan ongeremd door? Wat moet ik als ik 's morgens opeens verlamd wakker wordt, wie vindt me dan? Het is dichter bij het centrum, dat scheelt flink in de taxikosten. Misschien kan ik vaker met de stoel? Wie zorgt er voor Kim als ik naar het ziekenhuis moet? Hoe komen de flessen spa voortaan open, of belangrijker: de witte wijn? Ik neem me voor bij Blokker openers, klemmen, vasthouddingen en andere handige keukenspullen te bestuderen. Het geld, hoe moet dat met het geld? De aanvulling op mijn WAO is zojuist vervallen, ik heb nog maar zeventienhonderd per maand. Het huis alleen al kost vijfhonderd gulden zei de mevrouw van Herhuisvesting over de telefoon. Ik lig klam in bed en woel Jos wakker.

Eind december ga ik kijken, samen met Liesbeth. Het is mijn verjaardag. Ik ga kijken en weet dat mijn eerste reactie doorslaggevend zal zijn. Als ik daar rondloop en het vliegt me naar de keel, het huis en alleen wonen en weg bij Jos, wordt het nee. Voorlopig niet alleen. Als ik er rondloop en ik raak opgetogen: ja. Alleen. En mijn best doen voor Jos.

Lies vindt de opzichter die ons binnenlaat. Ik rijd rondjes in het huis. Ik kijk het spook in de muil. Het spook is licht, ruim en open. Het heeft een tuin. Het spook is een droom. Liesbeth en ik bekijken alles uitgebreid, bedanken de opzichter en gaan taartjes eten. Om te vieren.

In maart 1991 verhuis ik. Anderhalve maand later breek ik met Jos. Precies op de dag dat we zes jaar bij elkaar zijn; hoe fijnzinnig. Tact & timing zijn nooit mijn fort geweest. We vieren het met een ontbijt in Americain. De taxichauffeur die me na afloop naar huis brengt, vraagt: »Amsterdam Noord?« Veel taxichauffeurs kennen me ondertussen. »Nee,« zeg ik, »Wittenburg. Ik ben verhuisd.«

Soms lopen dingen anders dan je gewild en gehoopt had. Mensen overkomt dat soms ook. Voor mensen heb je rolstoelen; de dingen ontberen die.

Strafbaar en slapeloos

Juli 1991. Ik woon nog geen half jaar alleen en het onweer pakt zich nu al boven mijn hoofd samen. Slapeloze nachten heb ik ervan: het kabinet wil van de WAO af.

De WAO is nooit eenvoudig – terwijl je moet wennen aan het verlies van je gezondheid, aan het verlies van je werk, aan het teloorgaan van ambities, andere manieren moet zoeken om je leven in te richten, kortom: moet wennen aan wat zich als een verraderlijk lichaam ontpopt heeft, dien je al te verdedigen dat je inderdaad niet meer kunt werken en afkeuring behoeft. Je moet tegenover vreemden bewijzen wat je zelf liever niet bewezen wilt zien. Dat je lichaam niet meer wil, het vlees te zwak bleek.

Diezelfde WAO kreeg de laatste jaren een sterk ethisch stempel: het wordt afgekeurd dat wij zijn afgekeurd. Wij WAO'ers dragen schuld, werd de teneur: wij verzwaren de collectieve lasten, wij zorgen voor torenhoge premies, voor gapende gaten in 's rijks schatkist. Wij dragen zoveel schuld dat wij bijkans een hernia oplopen.

Nu blijkt dat nationale tekort – onze schuld – in de ogen van ons aller kabinet angstaanjagend te groeien en dermate groot te zijn geworden dat WAO'ers de straf van een minimumbestaan verdienen. Het is een morele misstap om in de WAO te belanden, sterker nog: daar *blijven* wordt verboden. Wij donderen als wij te lang doorleven op voorspraak van het kabinet collectief de bijstand in.

En zo wordt mijn onherstelbaar lichaam een strafbaar feit. Die WAO blijkt één grote valkuil. En ik val al zo makkelijk, met die knieën van mij. Ik lig in een valkuil zo diep als ons nationale tekort. Ik kan er niet meer uit, ik moet er uit, en ik klim zo slecht met die benen van mij. Slapeloze nachten heb ik ervan.

Natuurlijk zijn er oplossingen.

De afgelopen week hebben vijf vrienden en twee ouders bezworen dat ze wel een steunfonds voor me willen beginnen. Lief, geruststellend, bemoedigend, maar een privé-oplossing die anderen niet helpt. En ik had eigenlijk graag groot en zelfstandig willen worden, later. Bovendien komt het me voor dat het kabinet op deze manier misbruik maakt van mijn vrienden.

Met een rijke mevrouw of meneer trouwen kan ook. Maar de spoeling zal dun worden en ik blijk persoonlijk niet erg bestand tegen langdurige verhoudingen. Misschien kunnen die rijke meneren en mevrouwen een pool vormen, dan kunnen wij WAO'ers ze onderling verdelen en soms eens ruilen van meneer of mevrouw.

De aanstaande legalisering van prostitutie biedt, in combinatie met het verruimen van de definitie van passende arbeid, ook soelaas. Op ons rug liggen kunnen wij immers allen nog. Of ik dat lang volhoud weet ik niet, noch waar dat de heren WAO'ers laat – in de WW, waarschijnlijk. Naar heren is in dit vak immers weinig vraag.

Doorleven als nu kan ook, zij het tot mijn spaargeld op is. Ooit heb ik bedacht dat als ik te slecht word en niet meer genoeg kan leven, ik mij vastgord in mijn rolstoel en de Wittenburgergracht in zal rijden. Mijn levensverwachting, die statistisch gezien na het vaststellen van de diagnose nog zo'n dertig jaar is, wordt zo even drastisch geminimaliseerd als mijn uitkering. Zo'n vroege dood is trouwens wel romantisch. En geheid veel bezoek op de begrafenis. Maar van mijn vrienden mag ik de gracht niet in.

    Rest nog één oplossing: staakt, vrienden, staakt! Huur allen een rolstoel, versper daarmee alle tunnels, vorm onafzienbare files en rij Wim Kok over z'n tenen. Jut blindengeleidehonden tegen het kabinet op. Sla uw vakbondsbonzen met krukken op het rechte pad zodra ze de WAO willen verkwanselen. Bezet met wild overspannen ogen de burelen der regeringspartijen. En veel spreekkoren wil ik horen, zo van: hun schuld onze schuld – interfysieke solidariteit! Bij zulk gejoel zal ik eindelijk weer eens lekker slapen.

De Berlijnse stoel

De stoel mag dan mijn vrijheid vertegenwoordigen, op sommige momenten is hij niettemin een ramp. Die stoel stigmatiseert, meer dan voorheen mijn stok. Aan mijn stoel kleven bovendien taaie en stroperige stereotypen, en ik kan het niet laten daar soms dwars doorheen te rijden. Me extra ongewoon aan te kleden bijvoorbeeld, om het beeld van de tragische, verplicht a-seksuele, muizige gehandicapte te doorbreken. Omdat ik slecht tegen stereotype verwachtingen kan. Omdat die stoel vaak maakt dat mensen *mij* niet meer zien en ik dat niet over mijn kant wens te laten gaan. Omdat die stoel anders mijn Berlijnse Muur kan worden. Ik breek steentjes af, soms per ongeluk, soms expres; voorzichtig, of hardhandig.

Een heuvel oprijden is hard werken. Een heuvel áfrijden daarentegen is speelkwartier. Je moet oppassen niet te hard te gaan, zeker indien je banden wat versleten zijn, want anders kun je niet op tijd afremmen en stoppen; maar hard naar beneden rijden is een kunstje dat ik inmiddels beheers. Toch slaan omstanders vaak geschrokken de handen voor hun mond en lachen daarna ongemakkelijk wanneer ze zien dat ik ongebreideld plezier heb. Kunstjes doen op de fiets mag. Kunstjes in de stoel niet. Mensen zijn vrijwel altijd verrast wanneer ze zien dat je in een rolstoel op je achterwielen kunt balanceren en schommelen, en soms kwaad wanneer je op de dansvloer meer ruimte in beslag neemt dan zij. Maar een uitbundig rolstoeldansje doet meer voor de emancipatie van mensen met een handicap dan tien nota's, zei Christiane ooit terecht.

Soms begint iemand mijn stoel ongevraagd en onaangekondigd te duwen, zomaar een voorbijganger, iemand die ik helemaal niet ken, terwijl ik niet bijzonder ploeterde of hulpeloos om mij heen keek. Desondanks willen ze duwen en word ik het machteloze object van hun goede daden. Opeens grijpen mijn handen mis, schieten mijn banden onder mijn greep voorbij en verandert mijn tempo, of ga ik een kant op die ik helemaal niet uit wilde. Bij vlagen word ik daar werkelijk paniekerig van, heb ik de neiging zo iemand schreeuwend van me weg te slaan en hun handen woedend van mijn stoel te rukken – het voelt net te veel als een ontvoering op klaarlichte dag, mijn zelfstandigheid wordt me finaal ontnomen en opeens zit ik gevangen in een stoel die in andermans handen is gevallen. Doodeng is dat.

Zulke voorvallen zijn, in de juiste context, soms juist komisch of ontroerend. Ik weet met mijn stoel het slechtste maar ook het beste in iedereen boven te halen: mijn hart smolt bijvoorbeeld om de totaal verloederde junk die, toen ik de pillenbrug trachtte te nemen en daarbij rood aanliep – hij is steil, de pillenbrug – toesnelde en me een steun in de rug gaf. Hij vroeg zelfs eerst heel beleefd of ik zijn hulp op prijs zou stellen. We waren een pláátje, volgens mij: de lamme en de junk.

En er was dat jongetje op de Feminist Book Fair. Ik zat te wachten tot de zaal waarin een forum werd gehouden zou opengaan, toen een peuter van pakweg drie, met donkerblonde zachte krullen, naast me kwam staan en mij en mijn stoel van top tot teen aan een nauwgezet onderzoek onderwierp. Ik slaagde. Ik moest derhalve mee. Hij ging achter mijn stoel staan en begon te duwen – eerst nog zachtjes, en toen ik niet meteen begon te krijsen maar hem al even nieuwsgierig opnam, gaandeweg met meer overtuigingskracht. Hij duwde con gusto. Getweeën passeerden wij zo de rissen dames die met ons wachtten tot we de zaal konden betreden. Twee daarvan zagen hoe hij mij zijn hol wilde inslepen en begonnen te grinniken. Daardoor opmerkzaam geworden – iedereen die vóór mij stond zag mijn kidnapper natuurlijk over het hoofd, hij reikte net tot de rugleuning van mijn stoel, tenminste wanneer hij op zijn tenen stond – keerden meer dames zich naar dit wonderlijke schouwspel. Golven uitbundig gelach sloegen de rijen door, ik vouwde schaterend dubbel. Mánnen. Zelfs als ze drie zijn moet je ze in de gaten houden.

En er is iets met rolstoelen en uiterlijk. Ooit werd ik een discotheek aangesproken door een man die vroeg of ik wel écht gehandicapt was. Ik zat er in mijn rolstoel, toch een voorwerp dat men niet licht over het hoofd ziet en evenmin een onderdeel van de laatste disco-trend. Enigszins verbluft antwoordde ik: »Ja natuurlijk, je denkt toch niet dat ik voor de grap in een rolstoel zit?« »Oh,« zei hij, »dan is het goed,« en wilde weglopen. Ik hield hem tegen en vroeg hoe hij er bij kwam om zoiets te vragen. »Nou,« zei hij, »je ziet er zo prachtig uit, ik geloofde niet dat je gehandicapt was.« Ik stond perplex – wat voor een idee moest hij hebben over mensen met een handicap? Kwijlende groene monsters? Of denkt hij dat alleen mensen die hij niet mooi vindt, ziek worden of een ongeluk krijgen? Of dat je vanzelf afstotelijk wordt, indien gehandicapt?

Steeds weer benadrukken mensen dat ik er *desondanks* of *toch nog* zo leuk uitzie. *De Telegraaf* kopte ooit:

»Karin Spaink, ms-patiënte, levert het bewijs: MOOI, VER-
LEIDELIJK... EN GEHANDICAPT!« Mijn stoel neemt daarbij
welhaast mythische proporties aan. Een journalist in
Trouw schreef over het Boekenbal, waar iedereen naar iedereen kijkt en gezien worden van het hoogste belang lijkt,
dat ik met mijn stoel niet bang hoefde te zijn te worden
overgeslagen. Volgens hem verdrongen de fotografen zich
bijkans teneinde zich voor mijn wielen te storten en had
ook de rest van het gezelschap het er maar druk mee. »Een
bloedmooie vrouw in een rolstoel, daar willen alle mannen
op het feest wel even naar kijken. Er wordt gegaapt, ge-
staard, gekwijld bijna.« Alsof ik die stoel daarvoor heb: om
de aandacht van heren te trekken. Maar dit is bedoeld als
compliment en ik schijn er dankbaar voor te moeten zijn
dat men mij *niettemin* mooi acht.

Spaink, de mooie vrouw in de rolstoel, collega van de
vrouw met de baard. Een circusact voel ik me dan, een ano-
malie op wielen. (En kunstjes kan ik ook.)

Mijn stoel brandmerkt ook mijn vrienden en vriendinnen.
Wanneer Liesbeth of Christiane naast me lopen, onderscheppen ze regelmatig blikken van passanten die hen stil
verwijten dat ze mij zo laten ploeteren. »Help dat arme
meisje toch,« zeggen die ogen; »wat zijn jullie hardvoch-
tig!« En wanneer ik erg moe ben en ze me bij uitzondering
duwen, merken mijn vrienden de verandering in de blikken. De voorbijgangers prijzen ze, ze geven hun goedkeu-
ring. Wat aardig van jullie om die gehandicapte vrouw te
helpen, knikt men, lief dat je haar mee uit neemt. Anneke is
wars van beide typen blikken; ze vindt derhalve met enige
regelmaat nieuwe manieren uit om naast me te lopen. Ze
houdt één hand vast en trekt me voort, ik corrigeer met de

andere; of ze pakt mijn arm en gaat rennen, zodat ik achter haar aan zwier en over het trottoir slalom. We doen kermis. Voor onszelf, en tegen die blikken. Van Willem leer ik fiets met menselijk zijspan te doen: onze armen vormen de organische verbinding, hij trapt en ik rijd aan zijn hand mee.

BodyGuard was de enige die mijn stoel zonder reden mocht duwen; dat was zijn en mijn privilege. Body had een manier van duwen bedacht die ons ruimte liet elkaar te blijven zien: hij liep links naast me en hield mijn stoel met zijn rechterhand op koers. Zo hadden we samen bovendien nog genoeg handen over om elkaar vast te kunnen houden, en daar was het ons eigenlijk om te doen (als je zelf rijdt heb je namelijk geen handen meer over). BodyGuard had meer privileges. Hij droeg me vaak trappen op en af, wat andere mensen, ook al waren die sterker dan Body met zijn spinnebenen, nooit en te nimmer van me mogen omdat dragen op de trap doodeng is. Ook aan vallen zijn grenzen. Bij Body was ik nooit bang voor de diepte; dat komt, ik vertrouwde hem zo. Ik vertrouwde hem zelfs zodanig dat ik niet schrok maar me beschermd en verbonden voelde toen hij zijn restje coke op mijn tandvlees wreef. Als Body dat deed kon het geen kwaad, dat wist ik zeker.

Soms is het nodig opstandig te zijn. Wanneer BodyGuard me duwde zag ik andere blikken dan wanneer ik alleen reed of met hem los naast me; als hij duwde werden we door passanten onverwijld in de rol gekooid van hulpbehoevende en verzorger, en was vrijwel niemand nog in staat door het door henzelf opgelegde toneelstuk heen te kijken en te zien dat die rol ons bepaald niet op het lichaam geschreven was. Zodat hij zijn lippen maar stiftte met de mijne en we ons gemeenschappelijk rood als merkteken gebruikten.

Het is onthutsend om te merken hoe makkelijk blikken je vastbinden op een Procrustusbed van stereotypen en alles weghakken wat niet in dat beeld past. We reden eens in een Londens park en naderden twee dametjes. We zagen ze aanstalten maken een meelijgevend gezicht op te zetten toen ze ons opmerkten; maar wij waren absoluut niet meelijkwekkend, wij waren gelukkig en zwaar verliefd en op vakantie bovendien; wij waren goddelijk. BodyGuard zag hun openingsmanoeuvres, de gezichten gleden al in de oh-dear-how-sorry-but-you-seem-happy-anyway plooi, en hij begon te crossen. We gingen piepend door de bocht, we gilden, we sneden de dametjes bijna; ze maakten van schrik een sprongetje opzij en keken ons nog lang na. Vals van ons. Maar soms heb je het nodig om te weten dat je blikken kunt trotseren en bedden en beelden in de war kunt gooien.

Ik begrijp het wel. Vermoedelijk keek ik vroeger ook zo naar mensen met een handicap. Kijken met een blik die zegt: ik weet niet hoe ik moet kijken, ik weet niet of ik moet kijken, uit pure onhandigheid weet ik niet meer waar ik moet kijken. Vond ik ze zielig, of had ik medelijden met ze, met invalide mensen.

Maar waar ik vroeger pakweg eens per week iemand met een handicap zag en zelf zo'n blik had, zie ik nu twintig keer per dag die blik op mezelf gericht. Twintig keer per dag slaat iemand me met medelijden. Ik kan het me niet permitteren dat te zien. Ik zie het niet meer. Ik kijk maar gewoon terug. En hoop dat ze dwars door hun beeld heen *mij* zullen zien.

Bijna iedereen met wie ik in contact kom, moet zijn houding tegenover me bepalen en vreest in mijn gevoeligheden te trappen; het is vreemd mijn handicap te negeren, het is pijnlijker die aan te snijden. Telkens ben ik degene die hen over hun schroom moet helpen. Als ik ergens kom glijdt het gesprek te dikwijls als vanzelf in de richting van lichamen en wat daar zoal mis mee kan gaan, en worden in cirkelende bewegingen de grenzen van de welvoeglijkheid en van mijn incasseringsvermogen afgetast. Als ik ergens kom durven mensen niet te zeggen dat ze pijn in hun buik hebben of een zeer been; ze vinden dat hun klachten het onderspit moeten delven in het aangezicht van de mijne en vinden hun eigen beslommeringen en problemen opeens gênant. Als ik ergens kom prijzen mensen me om de moeite die ik heb genomen, maar ze staan er niet bij stil dat andere aanwezigen misschien de hele dag met boodschappen hebben lopen zeulen en thuis drie zieke kinderen hebben; dat het hen misschien veel meer moeite heeft gekost dan mij. Waar ik ook kom, ik neem mijn handicap mee en maak andere mensen daar onbedoeld en ongewenst ongemakkelijk mee, een ongemak dat een glijdende schaal kent van oprecht meeleven en interesse via overbezorgdheid en bij wijze van sociale smeer overbodige hulp aanbieden, tot zichzelf wegcijferen en medelijden geven. Ik haat medelijden.

Ik begrijp het wel. Ik kan me alleen niet veroorloven medelijden te hebben met mezelf.

Wat het leven met een rolstoel ingewikkeld maakt is dat je er zo weinig ziet. Mensen in rolstoelen bestaan bij uitzondering; ze vallen uit het sociale denken. Waar ik ook kom, zelden zie ik iemand anders met wie zichtbaar iets is. Met meer stoelen is het makkelijker.

Boy had ook een rolstoel. Boy gebruikte hem alleen buiten Amsterdam, wat me benauwend bekend voorkwam. Toen Boy een traplift kreeg en zijn huis makkelijker in en uit kon, stuurde ik een kaartje om hem met zijn lift te feliciteren en te vragen of hij nu dan eindelijk met me naar het Vondelpark ging. Dat was de eerste keer dat Boy met zijn rolstoel de stad in durfde; we gingen samen buiten spelen met de stoel. Omgekeerd wist ik nooit precies wat ik leuker vond als ik Boy ergens trof: dat Boy er was, of dat er nog iemand in een rolstoel aanwezig was. (Nu is Boy verdomme dood. Zeker weten dat ik hem meer mis dan zijn stoel.)

Er zijn zo weinig voorbeelden. Dat maakt mensen in een rolstoel ongemakkelijk, dat maakt mensen zonder rolstoel ongemakkelijk. Het smeedt tevens een onderlinge band. Mensen in een rolstoel groeten elkaar, zeker indien ze zich allebei zelfstandig voortbewegen, zonder hulp van elektriciteit of van derden. Er worden kleine signalen uitgewisseld: een hoofdknik, een knipoog, een glimlach; hetzelfde wat motorrijders onderling doen met hun koplampen. Wij rolstoelers hebben ook een Geheime Club. Eigenlijk zijn rolstoelers gewoon motorrijders met te weinig geld voor een Harley Davidson, zeggen we met die blik.

Kinderen kijken beter: die hebben nog geen bevroren beelden in hun hoofd. Die zien een volwassene op hun ooghoogte, een volwassene die zich bovendien zittend voortbeweegt, en ze verbazen zich daar ten zeerste over; ze sperren hun ogen wagenwijd en kijken je met open mond na. Zeker wanneer ze zelf klein zijn en in een kinderwagentje zitten. Je ziet ze denken: »Maar *jij* bent toch al gróót? En waar is je moeder dan? Heb jij *niemand* die je duwt?« Ze kijken naar mijn stoel, ze kijken naar hun eigen wandelwagentje, en ze benijden me. Ze willen er ook zo een, een zonder mamma erachter, en zonder zo'n raar boodschappennetje op hun rug met Brinta en prei erin, want een rolstoel, nou dat was dan opeens verschrikkelijk stoer als je drie was. Ook meisjes kijken zo en willen stoer zijn. Er zit schot in de zaak.

De grootste verrassing echter zijn de dieren. Katachtigen, om precies te zijn: jaguars, luipaarden, tijgers, panters, poema's. Aangezien ik dat de mooiste beesten van de dierentuin vind en me met hen meer dan met welke andere diersoort verbonden voel, bleef ik altijd het langst dralen bij hun kooien, en bedroog mezelf met de romantische illusie van de liefhebber: ze zouden merken dat hier sprake was van oprechte interesse en bewondering, dat dit niet een bezoeker was die tussen de paprikachips en de pinda's door een achteloze blik op de dieren wierp; ze zouden me opmerken. Tegenwoordig is dat geen illusie meer. We hebben iets, grote katten en ik. Wanneer ik in mijn stoel voorbij kom is er altijd wel een die me fixeert, die uit zijn rusteloze loop wakker schrikt en *kijkt*. De eerste keer dacht ik aan toeval, maar het gebeurt telkens weer. Ze volgen me. Eerst met hun ogen en dan helemaal. Ik rijd rondjes voor hun kooi, ze lopen gelijk op; wanneer ik harder ga versnellen ze hun pas, als ik stop doen zij dat ook; wanneer ik keer, draaien ze mee; als ik verder rijd dan hun kooi hen toestaat, springen ze tegen de tralies op en kijken me na. Dan brullen ze daarbij, of krabben met een voorpoot tegen een spijl, bijna hunkerend.

Wat ze zo doet reageren weet ik niet. Misschien het feit dat ik op ooghoogte ben – maar de bewegingen van kinderen heb ik ze nooit op een vergelijkbare manier zien beantwoorden. Omstanders – mensen blijven staan kijken als ik mijn geheimzinnige band met de katten op de proef stel – hebben gesuggereerd dat ze me als prooi zien; katachtigen zijn immers gewoon te jagen op de zwakkere dieren van een kudde. Maar ik geloof niet dat luipaarden en panters een verband weten te leggen tussen rolstoelen enerzijds en gebrekkigheid of zwakte anderzijds. Soms grapt iemand dat het dier in kwestie vast verliefd is, maar zover strekt zelfs mijn romantische illusie niet. Mogelijk heeft het te maken met het karakter van de beweging: net als bij hen blijft mijn hoofd altijd op dezelfde hoogte wanneer ik rijd, terwijl bij lopende mensen het hoofd bij elke stap stijgt en daalt. Misschien is de beweging van iemand in een rolstoel vloeiender en meer horizontaal, en herkennen ze daarin verwantschap.

Soortgenoot of slachtoffer: hoe ze me zien weet ik niet. Bij dieren is dat niet van belang. Het enige dat telt, is dat ik tegenwoordig een onmiskenbare band met grote katten heb.

Haat en hekel

Het verschil tussen binnenshuis leven en buitenshuis leven wordt groter. Buiten kom ik nog maar zelden zonder stoel, binnen loop ik zonder stok.

Dat gaat bij vlagen gepaard met het gevoel bedrog te plegen. De buren zien me in mijn tuin heen en weer lopen, maar kennen me daarbuiten alleen maar in een rolstoel; soms stel ik me hun opgetrokken wenkbrauwen voor. Mensen die voor het eerst bij mij thuis komen zijn vaak verrast dat ik hier niet in mijn stoel rondrijd. Aarzelend, of soms onthutst, zeggen ze: »Dat je lóópt...!« Alsof ik uit mijn rol val. Ik pas ineens niet in het beeld dat ze van me hebben. (Misschien heb ik iedereen in de maling genomen en ben ik eigenlijk kerngezond. Misschien is mijn ziekte een publiciteitsstunt.)

Buiten loop ik slechter dan binnen, en de precieze reden daarvoor heb ik niet kunnen achterhalen. Er zijn verklaringen te over, ze dekken echter hooguit een deel van de waarheid. Binnen loop ik altijd korte stukjes, en vijf keer twintig meter lopen is minder vermoeiend dan honderd meter achter elkaar ineens. Thuis is bekend terrein, thuis kent geen onverwachte obstakels. Buiten ben ik me er, door mijn stok, door de blikken, meer van bewust hoe ik loop en let ik van de weeromstuit teveel op, wat bewegingen onhandiger en hakkeliger maakt. Buiten loop ik te nadrukkelijk.

Vroeger had ik een hond, Tommie, een vuilnisbakkenhondje dat zodra hij harder wilde lopen, scheef trok. In draf schoof hij schuin naar voren. Mijn ouders kochten een caravan en gingen elk weekend naar de camping, waar Tommie verboden was. Hij kon niet tegen lege huizen en krabde de deuren kapot, hij blafte zichzelf schor. Tommie moest weg, bedachten mijn ouders; een tante die zeven kinderen had wilde hem wel hebben. Tommie verhuisde naar Tante Irma. Daar verpieterde hij. Hij at niet meer, hij weigerde water, hij verborg zich onder stoelen en tussen kastjes en werd met de dag zieker. Hij ging hinkend lopen en trok met een voorpoot. De dierenarts die hem onderzocht, kon niets aan hem ontdekken en concludeerde dat Tommie letterlijk ziek was van heimwee. Mijn ouders namen Tommie terug. Binnen twee dagen was hij opgeknapt. Maar zodra hij de stem van Tante Irma hoorde, al was het maar door de telefoon, begon hij te janken en trok hij zielig met een voorpootje.

Buiten loop ik slechter uit heimwee.

Toch kan dat lopen me nu niet zo veel meer schelen. In een rolstoel kom je, zeker in Nederland, een heel eind; inmiddels ben ik het gebruik van mijn stoel gaan zien als pure winst. En voor mijn dagelijkse bestaan heb ik mijn benen niet nodig. Lezen, schrijven, boodschappen doen, feestvieren, dansen, nadenken, tuinieren en in de zon liggen kan ik nu met stoel inmiddels even goed als vroeger zonder. Bovendien zijn de verslechteringen in het functioneren van mijn benen gradueel en marginaal: of ik vijf minuten fatsoenlijk kan lopen of acht minuten is feitelijk om het even; de crux is dat ik maar kort goed kan lopen. De vage grens die me rest is die tussen moeizaam lopen en praktisch niet meer kunnen lopen.

Delen van mijn lichaam worden decoratiever. Mijn benen raken op functioneel niveau langzaam vervangen door wielen en werken toe naar het moment waarop ze er uitsluitend nog voor de esthetiek zijn. Ik besteed tegenwoordig meer aandacht aan mijn kleding: omdat ik me eindelijk minder geneer voor mijn lichaam, en omdat ik de stoel wens te overtreffen. Mijn lichaam dient verfraaid, versierd en verzorgd te worden juist omdat het minder goed werkt. Dat ik dat tegenwoordig ook mág van mezelf beschouw ik als een grote vooruitgang.

Ik heb altijd ruzie gehad met mijn lichaam. Ik ken mezelf niet anders. Mijn neus was te groot, ik had rare knieën, ik was niet mooi, ik was te dik, ik had de verkeerde kleren, ik droeg een bril en een beugel en haatte beide tot in het diepst van mijn tenen. Jarenlang heb ik mezelf hartgrondig gehaat en gehekeld, in lichaam en ziel. Ik was de moeite niet waard, haalde hooguit altijd goede cijfers op school, maar daardoor verbruide je het juist des te sterker bij klasgenoten en werd je door anderen apart gezet; ik was onderhoudend noch grappig, gevat noch geliefd, interessant noch boeiend. Ik was kortom niet leuk.

Het heeft jaren geduurd voor ik me niet meer schaamde voor mijn lichaam of voor mezelf en een acceptabele omgang met mezelf tot stand wist te brengen. Langzaam begon het te kloppen, de verstandhouding tussen mij, mijn hoofd en mijn lichaam, en dat ik daarna fysiek minder makkelijk begon te functioneren... ach, dat is op de keper beschouwd kinderspel. Slecht lopen zinkt in het niet bij anorexia, depressies, zelfhaat en twijfel, bij het idee dat ik beter op mijn plaats was bij het grof vuil. Slecht lopen en een onbetrouwbaar lichaam hebben zijn daartegen afgezet misschien zelfs een opluchting: dit komt tenminste van buiten op me af, hier hoef ik mijn eigen geschiedenis en mijn eigen denken niet zo genadeloos voor onder de loep te nemen.

Misschien is dit wel de meest verborgen en de meest ongrijpbare kant van mijn ziekte: dat die me in zekere zin oplucht, aangezien hij me definitief ontslaat van de zucht hoogstpersoonlijk mijn lichaam onder handen te nemen, het in discrediet te brengen en er op te katten. Mijn ziekte verschuift mijn blik naar iets dat groter is dan het regime van onthouding dat ik mezelf indertijd oplegde; mijn eigen pogingen tot disciplinering van en de oprispingen van wantrouwen jegens mijn lichaam worden nu op magistrale wijze overtroffen. De restanten van de minachting die ik mijn lichaam toedroeg worden minder prominent; ze worden overvleugeld en geabsorbeerd door dat ene grote: mijn ziekte. Mijn lichaam neemt zichzelf onder handen en stelt zichzelf op de proef. Ik hoef dat niet meer zelf te doen; ik ben nu vrijgesteld. Ik kan in geval van nood op mijn ziekte schelden in plaats van op mezelf.

Het is niet waar dat zelfvernietiging sterker of nobeler is dan een verwoesting van externe oorsprong. De hang naar zelfvernietiging is massief, is een moloch, verplettert en beheerst de geest. Kapot gemaakt worden door externe factoren, ook al huizen die in je eigen lichaam, laat meer ruimte voor weerstrevingen en contradicties.

Van schaamte over mijn ziekte, een gewaarwording waarvan veel mensen die aan een ongeneeslijke kwaal lijden gewag maken, heb ik nauwelijks last. De zaken die ik geloof zelf in de hand te moeten hebben, hinderen me meer. Ik schaam me minder voor het feit dat ik slecht loop dan voor een onverzorgd uiterlijk; ik geneer me eerder voor de momenten waarop ik me niet weet te gedragen of te presenteren zoals ik graag zou willen. Wanneer ik een verkeerde opmerking maak, tactloos ben, niet onderhoudend ben, iemand kwets, flodderig haar heb of teveel puistjes – dát vind ik pas erg.

Rock 'n roll

Sommige subculturen gedragen zich uiterst fideel ten opzichte van mensen met handicaps. Die van de muziek is er zo een.

Ik kan niet zonder muziek en ga graag naar concerten. In Paradiso en de Melkweg kun je boven zitten, daar zijn stoelen voor iedereen en is het rustig, maar ik ga niet naar concerten voor de rust en dus zit ik in mijn eigen stoel in de zaal. Dat is wel eens lastig. In het donker ziet niemand mijn voetsteunen, zodat veel mensen daarover struikelen; concerten zijn een van de weinige gelegenheden waarbij ik degene ben die anderen van vallen moet weerhouden. Telkens opnieuw schieten mijn handen een wankelende popminnaar te hulp. (»Mind the gap... mind the gap,« zegt een bandje in de Londense metro bij sommige stations, en dat was ik dan, the gap.)

In Paradiso zag ik *Alice in Chains*. Alice was totaal uitverkocht en oorverdovend hard. Zoals men daags erna in de krant recenseerde: Alice produceerde een geluidsmuur waartegen je een fiets kunt parkeren. Een fiets misschien wel, ontdekte ik ter plekke, maar een rolstoel ging minder goed: ik stond vooraan, dom natuurlijk bij die drukte, maar ik wilde de zanger graag van dichtbij zien om te kijken of hij echt zo'n loeder was als zijn satanische sikje suggereerde.

Bij concerten zit ik, om op grotemensen-hoogte te zijn en het podium te kunnen zien, meestal op de rugleuning van mijn stoel of hang met een bil op de duwhandvatten. (Hier zou ik graag een foto bij de tekst opnemen. Het is lastig te beschrijven hoe ik dan zit: voeten op het zitkussen of op de band boven mijn treeplankje, de ene arm steunend op een knie en de andere op de leuning terwille van het evenwicht. Je ziet zelden mensen zo in een rolstoel zitten. In gewone stoelen evenmin trouwens, maar ik had al in mijn kinderjaren de gewoonte rare dingen met mijn benen te doen wanneer ik zat of lag. Daar heb ik nu mooi profijt van. Een nadeel is wel dat mijn stoel permanent uit het lood hangt en na elke onderhoudsbeurt binnen de kortste keren weer klapwiekende wielen krijgt.)

Rolstoelen kunnen echter, in tegenstelling tot fietsen, inklappen. Al bij het eerste nummer begon men te dampen en te stampen. Alras stond een moshende massa aan mijn rechterzijde die dreigde mij te verpletteren. Moshen bestaat eruit dat men springt en elkaar over en weer duwt. (Vroeger deed ik zoiets wel op straat, met vriendjes en een bal. Toen heette het gewoon »lummelen«. De truc was indertijd dat degeen in het midden de bal moest zien te onderscheppen. Hier is de truc gegooid te worden doch niet om te vallen.) Er was een attent heerschap dat zich als stut tussen mij en de moshmassa positioneerde, maar hij ging zelf regelmatig half overstag. Ik dus ook. Stage-diven vanuit de stoel. Ik greep me kiepend vast aan armen en rompen, en werd, zoals bij elk goed metalconcert, door behulpzame handen opgevangen en overeind gezet. Toen ik na het derde nummer besloot de luwte op te zoeken, if any, en daartoe weer gewoon wilde gaan zitten, bleek mijn stoel half onder mij ingeklapt en was ik ruim vijftien centimeter smaller.

Een goed concert kortom. Bij de encores deden ze

voor toe ook nog mijn favoriete nummer, met de onvergetelijke openingszin *Sitting in an angry chair*. Ik was maar één dag doof, en voor wel een week gelouterd.

Muziekliefhebbers zijn leuke mensen, hun soms vervaarlijke uiterlijk niettegenstaande. Omdat ik ook bij het concert ben waar zij zijn, begrijpen ze zonder enige vorm van uitleg dat ik er bijhoor. Die stoel maakt niet uit; de band die de muziek schept is belangrijker. Als je van dezelfde muziek houdt ben je namelijk oké. En altijd is er wel iemand die aanbiedt bij de bar een drankje voor me te gaan halen, of die me zomaar een schouder voorhoudt waarop ik kan leunen zodat ik makkelijker kan hangen en kijken. (En ze dragen goeie t-shirtjes. Deathmetal-groepen noemen zich veelal naar enge ziekten, een vorm van humor die ik begrijp. Mijn favoriete nummer is er een van *Morbid Angel: Blessed Are The Sick*.)

Tegenwoordig zijn, de omkering aller waarden nog altijd trouw, de hoffelijkste heren dan ook te vinden onder postpunks en metalfans. Laatst was ik op Dynamo, een tweedaagse metalmarathon, waar zestigduizend mensen zich op een vliegveld hadden verzameld. Toen ik me aan het eind van de eerste dag met rolstoel en al door de meute naar de uitgang van het concertterrein trachtte te werken, dwars over hobbelig gras, drassige grond, plastic bekers, pizzaverpakkingen en wat dies meer zij heen, en onderwijl bijna geplet werd door mijn mede-festivalgangers die op hun ooghoogte uitsluitend leegte zagen en niet mij in mijn stoel daaronder, was daar ineens die immens grote punk. Hij was bijna twee meter hoog en had een gescheurd shirtje, een liter gel in zijn haar en leren laarzen van een dusdanig formaat dat ik daar een ruimzittende broek uit had kunnen maken. Hij zag hoe iedereen zich in mijn gat wierp en dat ik het spaans benauwd had. Het leek of ze alle zestigduizend op mijn schoot wilden, ik verkeerde op de rand van paniek. Hij gebaarde me kalmte. Hij maakte zich breed. Zijn vrienden posteerden zich links en rechts van me, hij ging voor en baande een pad. De festivalmeute spleet zich als eerder (naar verluidt) de Rode Zee – om mij heen was verademende ruimte. Mozes bleek punk en ik werd verlost.

De rentrée van de beschaving en elementaire manieren begint bij postpunkers en metalmensen. Ik heb hen duizendmaal liever dan winkelend publiek in de Kalverstraat op zaterdag, daar is het botheid en ongemanierdheid troef en word ik smerig aangekeken.

Ziektewinst

En ik voel me thuis in de homowereld; om verschillende redenen. Jammer genoeg is aids daar een van.

Aids is een rotziekte. Hier en daar een bui, luidt het weerbericht; maar zoals mijn goede vader altijd zegt: als-ie valt valt-ie altijd hier want van dáár merk ik nooit wat. In delen van mijn omgeving plenst het.

Te vaak gaan conversaties de laatste tijd over hoe het nu met x is en hoe y reageerde op zijn vorige kuur, verdomme v kwakkelt de laatste maanden van de ene ziekte in de andere, hij zou toch niet ook...? En was jij nog op w's begrafenis, ik hoorde dat ze het indrukwekkend hadden aangepakt. O god en z gaat nu hard achteruit, het duurt vast niet lang meer. Ja, p komt er langzaam overheen, hij begint te wennen aan het missen; maar ze waren ook zo lang bij elkaar, geen wonder dat hij nog altijd wordt overvallen door tranen en verdriet.

Er gaan teveel mensen dood aan hun bloed. Zoveel doden plenzen er neer dat ik me verbaas dat we daar rustig onder blijven, me afvraag waarom niemand zich ooit schreeuwend op de kist werpt of zelf in de gereedstaande kuil springt, grave-diven zoals de vader van Laura Palmer deed; en bovenal dat er nooit eens iemand krijst, waanzinnig uitzinnig gilt en raast en tiert op zulke bijeenkomsten.

We leren begraven. We moeten wel, we moeten immers verder leven.

Aids is een rotziekte.

Tegelijkertijd gebeuren er bijzondere dingen rondom aids. Niet alleen leren we van lieverlee onze schatten te begraven onder een regenboog opgetrokken uit tranen en grimlachjes, en verzinnen allerlei mensen nieuwe rituelen om het afscheid te verzachten en de pijn ervan draaglijker te maken. We leren ook, zij het onwillig en recalcitrant en absoluut niet uit vrije wil, maar toch, om de dood enigszins in het leven te integreren.

Immers, doodgaan is ineens niet iets voor als je de zeventig bent gepasseerd of der dagen zat, de dood is niet langer iets voor ommuurde parken buiten de stad, comfortabel afgeschermd van alledaagse dingen. Doodgaan is niet voor later. De dood neemt tegenwoordig andere gedaantes aan. De dood woont namelijk nog steeds in parken maar blijkt een fervent aanhanger van het cruisen, hij wordt met grote regelmaat in stadse straten en zelfs in huiskamers gesignaleerd. We leren gaandeweg hem in de vuile ogen te zien zonder de onze daarbij weg te hoeven draaien. We leren hem in het café te tolereren, we geven hem een borrel en praten met hem en hopen hem te begrijpen; hij belt soms thuis aan juist wanneer we bezoek hebben en schuift bij aan tafel en blijft dan per ongeluk een avondje hangen, en verdomd: dat zijn niet altijd de vervelendste avonden. We roddelen achter zijn rug om over hem en klagen over zijn vunzige streken of zinnen op listen om zijn scherpe kanten bij te slijpen. Sommigen zijn altijd klaar voor een ontmoeting, anderen durven zelfs zijn naam nauwelijks uit te spreken. Bij weer anderen loopt hij inmiddels de deur plat. Sommigen, de durfals of de roekelozen, wie zal het zeggen, wagen zelfs een flirt met hem. En gaandeweg wordt hij een goede bekende.

Dood en verval, bederf en ziekte. Wat bijzonder is aan

aids is dat jonge mensen ineens *en masse* nadenken over, of althans geconfronteerd worden met, de mogelijke of daadwerkelijke vergankelijkheid van hun gezonde lichaam. Lichamen zijn vreselijk kwetsbaar en levens derhalve ook. Maar juist omdat aids bij uitstek huishoudt in een sociaal min of meer samenhangende groep, een groep die geleerd heeft om zich te verdedigen en te wapenen en om het leven vooral niet met berusting tegemoet te zien, en omdat die groep is grootgebracht op een dieet van onderlinge steun & bijstand, worden ziekte, verval en dood ineens minder individueel. Uit noodzaak. Uit overlevingsdrift. Uit saamhorigheid.

En zo kan het gebeuren dat een aantal van de meest funeste kenmerken van ziekte, handicap en sterven ineens minder de boventoon voeren. Een karakteristiek van ernstige ziekten is dat ze degenen die daarmee te kampen hebben, makkelijk in een sociaal isolement plaatsen. Mensen die chronisch ziek zijn, vallen uit het maatschappelijk denken: je ziet ze zelden, je spreekt er niet over, je stopt ze in ziekenhuizen en verpleeginrichtingen zodat hun verzorging en hun uiteindelijke dood professioneel geregeld kunnen worden and that's it.

Aids heeft nieuwe vormen van zorg doen ontstaan. Het buddy-systeem, waarbij iemand verzorgd wordt op basis van zíjn wensen en verlangens en niet op grond van de regels van het dienstrooster, is een bron van innovatie voor thuiszorg, ziekenhuizen en beleidsmakers.

Naarmate iemand afhankelijker wordt van hulp en vriendendiensten niet meer volstaan, komen er meer mensen in zijn of haar leven die beroepsmatig hulp geven – maar ook op beroepsmatige voorwaarden. Dat betekent dat een wildvreemde in je huis rondloopt en betaald aan je lichaam zit, en dingen met of voor je doet die gewoonlijk in een meer intieme context thuishoren. Je wassen bijvoorbeeld, of je aan- en uitkleden. Het gevolg is dat zulke handelingen opeens van hun intieme betekenis zijn ontdaan en killer worden. Bovendien moet je iemand in je huis tolereren met wie je geen enkele band hebt: een arrogante zak, een tuthola, een nitwit of een lieve doch tomeloos babbelende moeke. Professionele zorg houdt je leven uiterlijk in stand maar maakt het plat en eenduidig. Je raakt gereduceerd tot patiënt, tot object van rationele, hygiënische en medische handelingen.

Hoe fnuikend zulke klassieke vormen van zorg kunnen zijn, moge blijken uit de woorden van iemand die ik interviewde voor het boek *Aan hartstocht geen gebrek*: »Ik hield er vroeger ontzettend van om onder de douche te staan. Als ik in de put zat kon ik uren douchen, maar ik deed het ook vaak omdat ik het prettig en sensueel vond. Als ik dan klaar was smeerde ik mezelf heerlijk in met lekkere lotions. Nu kan ik alleen maar op vrijdagochtend om negen uur douchen, omdat dan de wijkhulp komt. Zin of geen zin, vrijdagochtend om negen uur ga ik douchen. Het gevolg is dat douchen nu platweg mezelf schoonmaken is geworden.«

Het buddy-systeem doorbreekt dat. Buddies zijn mensen die minimaal affiniteit hebben met de leefstijl van de cliëntele en die hulp geven op het moment dat die nodig is of verlangd wordt, niet op het moment dat die hén uitkomt. De waarde van deze zorg op maat kan nauwelijks overschat worden.

Van even doorslaggevend belang is dat een complete sociale groep ineens doordrongen raakt van het feit dat ernstig ziek zijn niet betekent dat het leven ophoudt; tenminste, niet metéén. En dat de overeenkomst tussen leven en ziekte sowieso hieruit bestaat dat ze alletwee een fatale afloop hebben. De subcultuur raakt ingesteld op ziekte en handicaps: men heeft geleerd de blik niet meer af te wenden wanneer iemand angstaanjagend dun is, men schrikt niet van een rolstoel meer of minder. Men raakt verplicht vertrouwd met onbeholpen lichamen. In de subcultuur kijkt haast niemand nog op van handicaps en daarmee betoont diezelfde subcultuur zich sociaal toegankelijk voor mensen die andere hinderlijke of fatale kwalen dan aids hebben. In deze kringen ben ik minder alleen.

De enige groep die ik ken die even prozaïsch kan zijn in haar denken over dood en het leven met handicaps, is die van oude mensen. Maar helaas is de manier waarop de meeste oude mensen deze lovenswaardige houding hebben bereikt, er gewoonlijk een waarbij gesprekken over lek & gebrek worden gecultiveerd en men zich geheel op kommer & kwel fixeert. Oude mensen wonen vaak al in het voorportaal van de dood of de achterkamers van het leven. Ze zijn haast over.

De subcultuur niet. In de homosubcultuur is de band tussen leven en dood, tussen ziekte en jolijt, tussen spot en compassie, complexer, levendiger en meer opgetuigd met boa's en glitter dan waar ook. Zeldzaam zijn de mensen die zich een onthechte houding hebben weten aan te meten jegens de wereld die hen omringt, en die diezelfde wereld niettemin in al haar vluchtigheid serieus wensen te nemen. Maar op plaatsen waar het plenst en waar desondanks volop wordt gelachen en geschmierd, ontstaan regenbogen haast vanzelf.

Verder blijft aids natuurlijk een rotziekte.

The Cheshire Cat spreekt

Een goede toon vinden om over mijn ziekte te spreken blijft moeilijk. Als iemand niet uit zichzelf de juiste balans vindt, geef ik zonder nadenken tegenwicht, alsof we op die manier, elkaars uitspraken over en weer vermenigvuldigend en delend, samen op een prettig gemiddelde kunnen uitkomen. Zodra iemand er blijk van geeft het vreselijk te vinden, heb ik de neiging mijn handicap te vergoeilijken; wanneer iemand haar daarentegen bagatelliseert, ga ik prompt op mijn strepen staan. Maar een vanzelfsprekende toon rolt daar, ondanks al dat optellen en aftrekken, doorgaans niet meer uit. De ander is ontzet door mijn wegwuifuitspraken of juist gepikeerd door mijn correctie. Betrapt op een gebrek aan inlevingsvermogen, of op een teveel daaraan.

Spot helpt. Spot relativeert en solidariseert. Spot verjaagt afstand en muizenissen. Dat merkte ik ook aan Boy. Toen hij na maandenlang gekwakkel en een lamme arm eindelijk een diagnose kreeg, we dachten allemaal aan ms maar het bleek verdomme aids, en iedereen daar somber van raakte, stuurde ik hem een quasi-boos kaartje. »Verdorie, hadden we eindelijk de kans een club op te richten van léuke mensen met ms, moet je weer iets anders hebben... Flauw hoor.« Boy moest erg lachen om mijn gekat; het luchtte op. Het was de eerste keer dat iemand hem zijn zieligheid niet onder de neus wreef.

Niet iedereen durft te spotten. En niet iedereen kan het. Mensen die het niettemin aandurven, dient men te koesteren. Zo steeg de jongeman die ik zojuist had leren kennen onmiddellijk sprongen in mijn achting toen hij zich een woordspeling permitteerde: »Een Spaink in het wiel steken,« zei hij, en keek me daarbij onvervaard aan. Ha fijn dacht ik, dit is iemand die zich niet uit het veld laat slaan door mijn stokken en stoelen. Dit is iemand waarmee ik vrienden wil worden.

Ook de man die me in Tivoli aansprak, had gevoel voor humor. Ik zat in de concerthouding, bovenop mijn stoel geklommen, en wachtte tot *Sonic Youth* zou beginnen. Hij sprak me aarzelend aan. »Het is misschien een idiote vraag hoor, maar wat is er met je? Je zit er zo ontspannen bij... Ben je nu gehandicapt of niet?« vroeg hij. »Ja hoor,« zei ik, »lopen gaat niet best. Maar in zitten ben ik héél goed.« Hij moest vreselijk lachen en dat was dat. Het ijs was gebroken.

Voor een grap is de toon doorslaggevend. De juffrouw in de COC-damesdisco die me pinnig vroeg »of ik wel een parkeervergunning had« en zo niet, ik hier niet hoorde te staan, zat erg fout. Het liep uit op een venijnige woordenwisseling. Zij hield vol dat het een grap was, ik achtte het een belediging. En hoe ik ook poogde haar duidelijk te maken dat haar opmerking misplaatst was aangezien mijn wielen mijn equivalent van benen zijn, ook al overtreft mijn maat banden haar schoenmaat ruimschoots, en dat ik niemands toestemming nodig had en derhalve evenveel recht had als zij om waar dan ook te staan zonder daartoe een vergunning nodig te hebben: wij begrepen elkaar niet. Ze had niet pinnig moeten zijn.

In mijn taal zwalk ik tussen het eufemisme en de spot, en nemen woorden of uitdrukkingen andere contouren aan. Maar ere wie ere toekomt, Jos is ermee begonnen: hij introduceerde ooit de term *vierbandenstoot* voor mooie dames in rolstoelen. Wegens omstandigheden heeft zich inmiddels iets ontwikkeld dat het beste valt te omschrijven als Spainks Persoonlijke Dictionaire; het SPD wijkt op cruciale punten af van het ABN. Het begrip *omstandigheden* komt trouwens zelf ook als lemma in het SPD voor. Omstandigheden: 1. Zaken betrekking hebbend op de golven in het privéleven. *Wegens - heb ik vannacht weinig geslapen.* 2. Zaken betrekking hebbend op des spreeksters onwillige, veeleisende, ongezeglijke of anderszins recalcitrante fysiek. Eufemisme: niet zo goed. *Vraag: waarom zit U in een rolstoel? Antw.: mijn benen doen het niet zo goed.* (Er was eens een kind dat mijn antwoord joelend voor zijn vriendjes herhaalde: »Hem ze bénen doennut niet goed!!«)

BodyGuard, die zich altijd zeer eendrachtig opstelde (hij vroeg obstakelende omstanders altijd heel vriendelijk »of wij even mochten passeren, want wij zijn slecht ter been,« en rechtvaardigde de voorrang die we daarbij soms namen door te zeggen: »Ja, maar wíj hebben ook meer banden.« Alleen voor vrachtwagens gingen wij opzij, die wonnen namelijk, qua banden), BodyGuard muntte uit in het verhaspelen van spreekwoorden en staande uitdrukkingen. Staande uitdrukkingen: ha! Het mocht wat. Wij lieten ze liever rollen. Taal is immers onze pasmunt. En als men iets doet, dan doet men dat head over wheels, dat is een Spaink eigen.

Zo ontstonden in de loop der tijd conversaties als: »Wil je nog iets drinken?« »Nee dank je, ik moet nog rijden.« Of iemand belt mij op met de mededeling dat er een conferentie of forum wordt georganiseerd alwaar sprekers dienen te verschijnen: »En toen viel uw naam.« Doorgaans zwijgen ze daarna verwachtingsvol, hopend op een toezegging; ik schiet in de lach en zeg: »Mijn naam viel? Grappig, dat gebeurt mijzelf ook regelmatig.« (Zelden begrijpt iemand dat.) »Het leven van een gehandicapte gaat over rozen,« grap ik tegen mensen die jaloers zijn op mijn tuin; in de stad zijn tuinen immers de privileges die horen bij het verplicht op de begane grond wonen. Wanneer men boos is gaat men ergens op hoge wielen naartoe of krijgt men een klapband van nijd, ofschoon míjn benen niet op het trappen van rellen zijn berekend; wanneer het leven in de war is, dient men zichzelf weer op de wielen te hijsen en de banden flink hard op te pompen. Wanneer men verliefd is worden banden week en wanneer het wederzijds is, ligt de wereld aan je wielen. In noodgevallen verbreekt men de banden met iemand niet, doch snijdt men ze door, met stanleymessen, of maakt men zich uit de spaken. Lastige vragen lap je aan je hoepels.

 Voor een woordspeling meer of minder draai ik mijn band tegenwoordig niet om. Spaink, your running gag on wheels. Ik spot altijd, vooral met mezelf en zeker in moeilijke tijden. Mijn zelfspot houdt me op de been, it keeps me rolling. Ik ben de Cheshire Cat – wanneer ikzelf definitief verdwenen ben zal mijn spotlach nog enige tijd in de lucht blijven hangen.

Aardbevingen in Limburg

Mijn lichaam kan me niet zoveel schelen als vroeger. Mijn leven des te meer. Niemand kan me met enig gezag vertellen of er een nieuwe aanval of verslechtering komt, en zo ja, waar en wanneer. De dingen gaan zoals ze gaan: *that's the way the cripple stumbles*, bedacht ik als parafrase op een Engels spreekwoord dat vaststelt dat je geen omelet kunt bakken zonder eieren te breken en dat koekjes nu eenmaal kruimelen.

Zonder dat daar een duidelijke beslissing aan vooraf is gegaan, hanteer ik een nieuwe leefregel: ik weiger mijn leven rond angst te bouwen, hooguit heb ik meer haast gekregen. (Sneller leven gaat vanzelf wanneer je je op wielen voortbeweegt in plaats van op benen.) Als ik zeg iets te willen maar mezelf er telkenmale op betrap dat desondanks niet te doen, ben ik nu meer geneigd mijn motieven te onderzoeken. Wat houdt me tegen? Wil ik wel echt? Ik wens niet in de positie te komen dat ik mezelf moet verbijten, spijt moet hebben omdat ik dingen die ik graag wilde, nagelaten heb te doen toen ik ze nog kon. Ik heb minder geduld met uitstel; voor het geruststellende »later« geen emplooi. Mijn later is wankel. In mijn later kan ik misschien niet meer lopen of zie ik alleen nog zwart-wit. Mijn leven speelt zich hoofdzakelijk vandaag af, en ik hoop dat vandaag te rekken. Desnoods door het vol te proppen.

Wat me soms erge zorgen baart is de liefde. Wie wil er

nu een kapot vriendinnetje hebben, zo'n ziek mens, denk ik als ik somber ben. Ik ben immers een onomkeerbaar geval, een brandend huis. Of ik ben bang dat anderen bang zijn voor mijn handicaps. Erdoor geïntimideerd zijn, of zich hopeloos onhandig voelen in mijn aanwezigheid. Me bijvoorbeeld niet bij hen thuis durven uitnodigen alleen vanwege het feit dat ze ergens op vier hoog wonen. Teveel vooruit gaan denken en zich afvragen hoe dat nu later met mij moet, later wanneer ik slechter ben. Dat ze zich door zulke vragen zullen laten weerhouden van het moment, van nú.

En wat zulke vragen echt ingewikkeld maakt, is dat ik niet kan onderscheiden tussen hun eventuele huiver en mijn vrees dat ze huiverig zullen zijn.

De grond onder mijn voeten is wankeler en onbetrouwbaarder dan voorheen en kent aardbevingen. Ik leef op een breuklijn, mijn lichaam is de San Andreas, en verhuizen is onmogelijk. Aanwijzingen dat er een beving ophanden is, zijn altijd in overvloed te vinden voor wie goed zoekt en daarbij een ruim interpretatiekader hanteert; als ik gevolg zou geven aan voortekenen deed ik niets gevaarlijks meer en zou ik mezelf teveel ontzeggen. Aardbevingen laten zich bovendien slecht beïnvloeden door de voorafschaduwingen die men daaraan wenst te verbinden, of tegen elke verwachting in trilt de aarde in streken die niet als risicogebied bekend staan; dan beeft het bijvoorbeeld in Limburg in plaats van in San Francisco. Soms stort ik in en heb ik de periode daarvoor veel gedaan; soms heb ik een periode teveel gedaan en levert dat alleen maar meer energie en plannen op. Soms stort ik in en wordt de voorgaande periode gekenmerkt door rust, regelmaat en kalmte. Een al te sereen leven; en dan moet ik desondanks toch het ziekenhuis in. Liever niet. Liever doen wat ik graag wil en wat ik belangrijk vind, en dat zo lang mogelijk volhouden. Overdwars leven, omdat er alleen dan veel blijft hangen. Bovendien ben ik slecht bestand tegen rust.

Het verlangen – of eigenlijk: de hang en de noodzaak – naar overdwars leven heeft consequenties. Het risico ervan neem ik voor lief. Wanneer ik te invalide raak zodat ik teveel hulp nodig heb en de belangrijke dingen niet meer kunnen zoals ik ze wil, wanneer ik niet meer genoeg kan leven, hoef ik niet meer. Wil ik niet meer. Er zijn grenzen aan de verzoening.

Aan ms kun je op twee manieren dood gaan. De ziekte sloopt je lichaam, dan ga je dood aan bijvoorbeeld een nierbekkenontsteking; of hij sloopt je hoofd door je lichaam te ondermijnen. De gemiddelde levensverwachting na de diagnose is een jaar of dertig, maar ik denk dat ik geen zestig zal worden. Toen Renate Rubinstein zo slecht werd dat ze zelfs niet meer kon schrijven, was haar maat vol. Ze heeft een giftig poeder door haar vla gemengd en stierf. Toen ik op het journaal het bericht van haar overlijden hoorde, was mijn eerste reactie: heeft ze het zelf gedaan, of was het haar ziekte? Ze was het zelf. Gelukkig maar.

Ik heb geleerd mijn ziekte over het hoofd te zien en accepteer haar als iemand van wie ik niet houd maar met wie ik desondanks mijn leven dien te slijten; het is een verstandshuwelijk. We tolereren elkaars gezelschap en betonen uit berekening respect voor elkaars hebbelijkheden. Pas wanneer mijn ziekte me volledig voor zichzelf opeist en het meubilair aan stukken slaat, zal ik een scheiding serieus in overweging nemen. Als mijn armen en ogen te weinig kunnen, als ik niet meer kan lezen en schrijven, wil ik dood.

Geen poeder door de vla, maar een vergiftigde bonbon ofzo. En vooral niet alleen. Het liefst zou ik laat op een avond een fatale pil slikken in de aanwezigheid van enkele zeer dierbaren – en zowel de avond als de lievelingsmensen zijn daarbij cruciaal. Ik stel me dat voor als een benijdenswaardige zelfmoord. Een dood om jaloers op te zijn.

Maar misschien ga ik gewoon dood aan longkanker, dat kan natuurlijk ook.

Aardbevingen komen, aardbevingen gaan; men probeert zich staande te houden. Wat heb je te verliezen met het simpelweg *proberen* van een alternatieve behandeling, roept de goedbedoelende medemens, die doorgaans geen agnost is. Nee heb je; ja kun je krijgen.

Maar net zoals ik niet eindeloos in de weer wil zijn met het medisch bedrijf, het pogen te repareren van het lichaam, hoef ik niet zo nodig te sleutelen aan mijn geest, in de weer te zijn met bach-remedies, bloesem- of muziektherapie en visualisaties, piramides op mijn voorhoofd te zetten, mineralen of enzymen te injecteren, mijn bed uit te pendelen of gezondheidsarmbanden om mijn pols te dragen. En er zijn teveel kwakdokters die claimen soelaas te kunnen bieden. Ze uitproberen mondt voor je het weet uit in een full-time baan, een die me al mijn energie kost en weinig tot niets oplevert. Ik kan mijn tijd zinniger besteden: ik woeker er simpelweg mee. Aan degelijk opgezet onderzoek neem ik volgaarne deel, doch al die onbewezen rimram ondermijnt niet alleen mijn portemonnee, maar ook mijn leven.

Het probleem met serieuze ziekten of fysieke afwijkingen is dat je, als je niet oppast, daartoe gereduceerd wordt. Veel van mij en mijn daden wordt in een ziektekader geplaatst, alsof die ziekte mijn alfa & omega en allesverklarend is. Mijn moeder ziet de straps om mijn laarzen en vraagt me of ik dat doe om mijn enkels te steunen; ik wilde alleen maar stoer zijn. In een poging tot postpunk-grunge-metal crossover scheer ik de zijkant van mijn haar weg en zie hoe sommige bekenden die geen weet hebben van modes in muzieksubculturen me geschrokken opnemen: ze zou toch geen operatie aan haar hoofd hebben gehad, of een eng onderzoek? Wanneer ik met mijn walkman op in de rolstoel rijd – het mooiste is wanneer het ritme van de muziek in mijn hoofd correspondeert met het ritme waarmee mijn handen mijn banden duwen; dan ga ik extra hard – zie ik passanten soms meewarig kijken. Tsjee, in een rolstoel, en ze heeft nog iets aan d'r oren ook. Schrijf ik een liefdesverhaal over lichamen en de dood, vraagt elke journalist me of ik daarover schrijf omdat ik zelf iets heb. Ziekte maakt een mens eendimensionaal in gezonde ogen.

Een groot nadeel van al die modieuze alternatieve ziektebehandelingen is dat ze die teneur tot in alle uithoeken van je leven uitbreiden, erger nog: je reduceert jezelf tot geval. De meeste alternatieve behandelingen zorgen dat je ziekte je leven begint te vullen en uiteindelijk geheel vervangt. Bij alles wat je doet of laat, dien je je af te vragen of het je eventuele genezing kan bevorderen; de ziekte beslist, niet langer jijzelf. (Ik ken iemand die zelfs de vraag of hij een kop koffie zal nemen, eerst gaat uitpendelen.) Het plezier of genoegen dat je in je leven kunt hebben delft het onderspit, het enige dat nog telt is een later waarin je beter zou kunnen worden. Wellicht. Eventueel. Ooit. Zulke therapieën zijn veelvraten, ze bezetten je leven met ziek zijn en misschien beter worden. Ik weiger mijn ziekte meer ruimte te geven dan zij zelf al opeist.

Wanneer ik dat allemaal vertel, verandert de bemoedigende toon vaak in een beschuldigende. Als ik zus of zo niet wil proberen, is het toch uiteindelijk aan mezelf te wijten dat ik niet beter word? Genezing, daar heb je toch zeker alles voor over? *Wil* ik dan soms ziek blijven? Nee, natuurlijk niet; maar ik wil evenmin de energie en de tijd die me resten laten vergallen door het zinloos in stand houden van de hoop. Hoop is een verfijnde marteling, die vandaag mistiger en minder aanwezig maakt dan overmorgen.

Mijn ziekte is geen tussentijd; er is geen later waarin genezing kan gloren. Mijn ziekte is mijn heden en mijn toekomst maar niet mijn leven. Wat veel mensen te verliezen hebben, is hun geloof in de almacht van genezers en in een sprookjes-later dat als een wortel voor hun neus hangt maar onbereikbaar blijft, hoe hard ze ook lopen; wat ik te verliezen heb, is mijn gemoedsrust. Daarom ook is de vraag die uit de boeken der kwakdenkers oprijst, de vraag waarom je deze ziekte nodig hebt, zo perfide, op het vunzige af. Ik red me prima, bedankt voor de getoonde belangstelling, het heeft tijd en moeite gekost en het zal me dat zonder twijfel weer kosten, maar suggereren dat ik dit *gewild* heb gaat te ver. Die vraag getuigt niet van oprechte belangstelling voor wat het betekent ziek te zijn, is geen objectief nagaan meer; die vraag is te kwader trouw.

Een klassieke vraag die mensen kwelt bij chronische of dodelijke ziekten, is: »Waarom ik?« Eerlijk gezegd is die vraag nooit bij me opgekomen, en voor zover ik daar al over nadacht was dat eerder in omgekeerde zin: waarom ik *niet?* Iemand moet het toch krijgen, en waarom zou ik gespaard blijven boven anderen? Om welke reden zou ik gevrijwaard horen te zijn van ongeluk? Mijn ziekte is pech, en in die zin heb ik me haar nooit persoonlijk aangetrokken. Stom en wreed toeval, geen kwestie van schuld of verantwoordelijkheid.

Veel gehuild om het verlies van mijn gezondheid heb ik niet. Om BodyGuard die kwijt raakte, heb ik aanzienlijk meer tranen vergoten.

Trokken wij ten strijde, met vlammende pen

Ergens in 1988 kreeg ik een hoogst merkwaardige reactie op mijn ziekte. Albert, een man met wie ik aan een project werkte, vroeg me, nadat ik amechtig hijgend de hoge trappen van zijn kantoorpand had beklommen, wat er eigenlijk aan scheelde. »Ik heb waarschijnlijk ms,« antwoordde ik. Hij staarde me aan. »Jíj ms? Dat kan haast niet... Je hebt zulke stralende ogen!« Het was mijn beurt om verbluft te zijn; wat hadden ogen en ziekten met elkaar te maken? Hij probeerde het uit te leggen: ik leek hem zo'n leuk en levenslustig mens, en dat verhield zich toch niet tot deze ziekte... Ik begreep er niets van.

Een paar dagen later arriveerde er een pakje van Albert. Er zat een boek in en een kaartje: hij schreef erg geschrokken te zijn en hoopte dat ik baat zou hebben bij de ideeën uit bijgevoegd boek. Ik kende de titel uit de non-fictie toptien, daar stond het al maandenlang in: Louise Hay, *Je kunt je leven helen*. Ik bladerde het boek door en trof achterin een lijst met ziekten, oorzaken en remedies. Ik zocht mijn ziekte op. »MS. Waarschijnlijke oorzaak: Geestelijke hardheid, hardvochtigheid, ijzeren wil, onbuigzaamheid. Angst. Nieuw gedachtenpatroon: Door liefdevolle en vreugdevolle gedachten te kiezen creëer ik een liefdevolle en vreugdevolle wereld. Ik ben veilig en vrij.«

Hay bleek ervan uit te gaan dat ziekten onherroepelijk verband hielden met karaktertrekken, dat elke ziekte aan mentale oorzaken te wijten was en dat anders gaan denken per definitie tot genezing zou leiden. Quatsch, vond ik, en beledigend bovendien. Geestelijke hardheid. Hardvochtigheid. Onbuigzaamheid. Het was me nogal wat, wat mevrouw Hay mij in de schoot wierp. Maar het verklaarde wel Alberts confuse reactie. Hij had even niet meer geweten waarop hij nu moest afgaan: op het beeld dat hij zelf van mij gevormd had, of op mevrouw Hay's interpretatie van mijn karakter. Mijn diagnose had hem, vreesde hij, een onverwachte doorkijk naar mijn diepste zelf geboden. En dat was geen frisse aanblik.

Later tref ik meer van zulke boeken. Sterker nog, als je er op let staan de winkels er vol mee. En steeds meer mensen ventileren ideeën die verwantschap vertonen met dit illustre gedachtengoed. »Dat ik die dag mijn enkel verzwikte was natuurlijk niet voor niets,« zegt een kennis. »Ik wílde eigenlijk niet naar die vergadering, en mijn lichaam maakte me dat duidelijk.« »Het is toch logisch dat hij kanker heeft gekregen,« zegt een ander, »hij heeft ook zoveel wrok weggestopt.« Bij de ene kennis staat Hay in de kast, een ander verwerpt haar al te plat-Amerikaanse do-it-yourself aanpak maar beveelt Dethlefsen van harte in mijn aandacht aan; Dethlefsen is tenminste een intellectuéél. Ik koop Dethlefsen en tref daarin zinnen aan als: »Dit boek leert via de ziektesymptomen de mens te herkennen.« »Dit is een ongemakkelijk boek,« waarschuwt Dethlefsen zijn lezers in het voorwoord, »want het ontneemt de mens de mogelijkheid zijn ziekte te gebruiken als alibi voor zijn onopgeloste problemen. Wij willen aantonen dat de zieke niet het onschuldige slachtoffer is van willekeurige onvolkomenheden van de natuur, maar dat hij zelf ook de dader is.« »Er bestaan geen ongeneeslijke ziekten,« stelt kankerchirurg Bernie Siegel zelfvoldaan vast, »er bestaan alleen ongeneeslijke mensen.«

Ziekte opgevat als karakterfout. Ziekte en genezing huizen uitsluitend in je denkwijze. En haast niemand die ik over dergelijke theorieën spreek, verzet zich tegen die gedachtengang. Dat is genoeg om het benauwd van te krijgen. Hoe kijken ze dan naar *mij*? Ben ik in hun ogen het wandelende bewijs – liever gezegd: het struikelende bewijs – van mijn eigen geestelijke hardheid? Zien ze mijn slechte benen als de lichamelijke openbaring van een geestelijke warboel? Nee dat óók weer niet, bezweren de kennissen in koor, maar je ziet toch zovaak dat ziekte het gevolg is van een krakkemikkig geestesleven? Neem nu die en die, jeweetwel, met zijn astma, het is toch duidelijk dat... en dan komt er weer een riedel.

Het bevreemdt me dat veel mensen deze boeken kopen en de ideeën ervan aanhangen, maar dat er zelden hardop over wordt gesproken. Woedt hier een stille revolutie? Er verschijnen bovendien geen recensies van deze New Age-boeken, ik zie nooit discussiestukken. De mensen die ik uithoor hebben er óf nooit van gehoord en zijn op voorhand niet geïnteresseerd, of ze betuigen hun bijval. De akelige gedachte bekruipt me dat vrijwel iedereen het er in grote lijnen mee eens is. Is er dan niemand die zich erover verbaast dat Louise Hay *anderhalf jaar lang* tot de best verkochte boeken behoort? Of je het nu met haar eens bent of niet, alleen al de oplagecijfers rechtvaardigen nader onderzoek. Je mag toch verwachten dat alleen al uit journalistieke overwegingen iemand zich zou storten op wat inmiddels tot een volwaardige trend lijkt uit te groeien? Maar iedereen bewaart angstvallig het zwijgen.

Oktober 1991. Met De Balie, waar inmiddels een programma over ziekte en gezondheid is gestart, overleg ik over de mogelijkheid om een kritiek op deze kwakdenkerij te publiceren. Fantastisch, doen! roept Bart, die zelf in de verpleging heeft gewerkt en de groeiende populariteit van deze theorieën met lede ogen heeft moeten aanzien. We stellen een plan op en maken afspraken. Een lezing en daarna een boek. Ik verzin een titel. De orenmaffia.

Al deze New Age-auteurs zien ziek zijn als een signaal van ons lichaam dat er iets niet deugt in de manier waarop wij over onszelf denken en, bijgevolg, in de manier waarop wij anderen tegemoet treden. Hay: »Ik geloof dat we zelf iedere zogenaamde »ziekte« in ons lichaam creëren. Ons lichaam is, net zoals alles in het leven, een reflectie van onze innerlijke gedachten en overtuigingen.« Wanneer we in staat zijn die verkeerde denkwijzen te veranderen, zal de ziekte verdwijnen, menen ze; we hebben haar overbodig gemaakt. De meer alledaagse medische aanpak zien ze als apert onvoldoende: aangezien het basisprobleem – dat zoals gezegd niet van fysieke maar van psychische aard is – daardoor niet wordt opgelost, zal de persoon in kwestie binnen afzienbare termijn een nieuwe ziekte ontwikkelen. Ziek zijn zit tussen je oren, en ziekte kun je het beste bestrijden door beter naar jezelf te luisteren. Dan zal genezing vanzelf volgen. Immers, »de eenvoudige waarheid is dat gelukkige mensen gewoonlijk niet ziek worden.«

De orenmaffia vat ziekte niet zozeer op als teken van een mogelijk psychisch conflict: ziekte is in hun ogen het letterlijk onweerlegbare *bewijs* daarvan en tevens de manier waarop dat conflict vorm krijgt. In feite is elke ziekte de fysieke manifestatie van een psychologisch probleem. Je lichaam verraadt wat je bewustzijn voor je verborgen wil houden. Om welke blokkades en problemen het precies gaat, kunnen we vice versa aflezen uit het soort ziekte dat de patiënt gekozen heeft. Vandaar de handige vertalingen achterin de boeken van Dethlefsen en Hay: wat zeg ik en hoe zeg ik het met ziekten.

Met deze lijsten voert de orenmaffia de zaak een stap verder. Het lichaam *zelf* wordt metafoor, een staalkaart van psychologische problemen. Deze kwakdenkers gaan zich te buiten aan een letterlijke vertaling van ziekten naar een onbeholpen psychische terminologie. De zichtbare manifestatie van een ziekte wordt opgevat als een diagnose van iemands emotionele of mentale toestand. En zo staat verlamming gelijk aan verlammende jaloersheid, darmverstopping aan onverteerde ideeën, een maagzweer aan zichzelf opeten, auto-immuunziekten aan zelfvernietigingsdrang, een herseninfarct aan terminale frustratie en littekenweefsel aan geestelijke hardheid, verbergt zich onder jeuk een innerlijke gloed die naar buiten wil, manifesteert zich in een bochel iemands niet-beleefde deemoed en is een reuma-patiënt te star en onbeweeglijk.

Ziekte verwordt tot een teken en het lichaam tot het slagveld van de geest. Ons lichaam is niets dan de arena waarin wij onze onverwerkte conflicten uitvechten. In die zin nemen ze het lichaam niet serieus. De orenmaffia weigert de eigen krachten, zwakten en wetmatigheden van het lichaam te erkennen, eigenzinnigheden die zich niet zomaar ondergeschikt laten maken aan de luimen van een almachtige geest. Het lichaam is in hun ogen niets dan de taal van de geest. En daarmee worden ziekte en invaliditeit gereduceerd tot beeldspraak en symboliek.

New Age. Zeg maar liever New Aids: de totale ineenstorting van het denkend systeem.

Februari 1992. Mijn lezing, die aanvankelijk was bedoeld als verslag van werk in uitvoering, als intermezzo om de ideeën die in het boek zouden moeten belanden te toetsen, krijgt onbedoeld grotere proporties. De belangstelling blijkt enorm. Dat is prettig, eindelijk kans op discussie, maar stiekem ben ik bang dat men mij voor zot zal verslijten en het gelijk van de orenmaffia buiten kijf acht. Bovendien ben ik ervan doordrongen dat ik een belang heb bij deze discussie, ik sta er met een dubbele agenda. Dit is publieke zelfverdediging. Geachte aanwezigen, goedenavond dames en heren, ik mankeer inderdaad iets, ik loop beroerd maar heus, dat zegt verder niets over wie en wat ik ben. Mijn slechte benen zijn geen teken, het zijn gewoon maar slechte benen en dat is al lastig genoeg.

De week voor de lezing heb ik een afschuwelijke nachtmerrie: de lezing is opeens een week naar voren verzet en ik moet hem onvoorbereid houden; dat komt, legt Bart in mijn droom vriendelijk uit, omdat er een cameraploeg is en dus kon het niet anders. Er is niemand in de zaal, zelfs de vrienden en vriendinnen niet. Ik draag een oude spijkerbroek die met een veiligheidsspeld bijeen wordt gehouden, mijn lippenstift zit scheef en is smoezelig, en niemand begrijpt waar ik het over heb. Klam van nachtmerrienat word ik wakker.

Wanneer ik mijn lezing houd is de zaal uitverkocht en staat er inderdaad een cameraploeg. De belangstelling van kranten en andere media is overstelpend: de telefoon staat in de dagen erna niet stil, in *de Volkskrant* verschijnen grote stukken, iedereen wil interviews, toelichtingen of artikelen. Bart en ik vieren feest. Er blijken tot onze grote opluchting meer mensen te zijn die zich het hoofd hebben gebroken over orenmaffiose thema's.

Van *Het strafbare lichaam* worden binnen een jaar bijna dertigduizend exemplaren gedrukt. Het is bovendien mijn eerste boek dat vertaald wordt. In braille. Wat me het meest ontroert is dat ik brieven krijg van chronisch zieke mensen die het boek hebben gelezen, in tranen, omdat ze eindelijk iets in handen hadden waarmee ze zich konden verdedigen tegen aantijgingen jegens hun karakter.

In vrije val

Maandag, mei 1992. Ik heb al bijna vier weken een dode arm. Mijn linkerarm heeft een tandartsenverdoving: aanrakingen gaan schuil onder een ongevoelige wattendeken. De doofheid strekt zich uit van mijn rugwervels tot aan mijn pols, en kruipt soms op tot in mijn vingertoppen. Bij vlagen voelt een plek op die arm aan of ik onderhuids kippevel heb, alsof alle zenuwen zich samentrekken en zich klaar maken voor een sprong in het diepe. Binnen een paar dagen betrapte ik me erop dat ik een nieuw controlemechanisme had ontwikkeld: ongemerkt tast ik tussen de bedrijven door, midden in een gesprek, tijdens het lezen of tv kijken, allerlei plekken op die arm systematisch af en bevoel mijn vingers stuk voor stuk: is er verandering? Trekt het bij, wordt het erger, blijft het stabiel? Ik probeer de angst voor een aardbeving te beheersen en spreek er met niemand over. Erover spreken maakt de voorbodes groter en levensechter.

Toen ik vanmorgen wakker werd was ook mijn rechterhand dood, en ik wist niet of ik in mijn slaap die arm had afgekneld of dat die slapende hand onderdeel van een terugval is. Maar ik heb niet op mijn zij geslapen. Toen ik vanmorgen wakker werd lag ik op mijn rug met Kim op mijn benen, ik heb helemaal niets kunnen afknellen. In de loop van de ochtend begint het me benauwend te dagen: overal prikkelplekken, brandende plekken, een zwaar gevoel in die rechterarm; ik voel een onzichtbare koude band die mijn arm afknelt. Iemand neemt permanent mijn bloeddruk op. Doffe pijn. Als dit niet snel bijtrekt moet ik de neuroloog opbellen en me aanmelden voor een kuur. Mijn armen zijn immers een ander verhaal.

Ik heb toch een afspraak, een afspraak met het plafond, en die wordt nu gedwarsboomd; misschien moet de neuroloog me helpen die af te dwingen? Met god, waarin ik niet geloof, heb ik ooit een overeenkomst gesloten. Ik sloeg mijn ogen op naar boven, naar het plafond, en zei: mijn benen mag je hebben. Die stop ik dan wel in een rolstoel. Tot onder de gordel, en ik zal niet zeuren, nu niet, nooit niet, erewoord niet; alleen af en toe een traan wegpinken. Ik zal niet zeuren. Maar mijn armen, mijn ogen – daar blijf je dan van af. Deal? Asjeblieft? Zonder armen kan ik niets, word ik afhankelijk, kan ik mijn stoel niet meer duwen en geen boek vasthouden. Zonder ogen kan ik niet lezen en niet schrijven en mensen niet meer aankijken. Als mijn ogen en armen aangetast raken kan ik te weinig leven, te weinig doen, moet ik teveel vragen. Zonder armen en ogen wil ik niet meer.

Mijn rechterarm is zo zwaar, mijn rechterarm is lood, mijn rechterarm brandt; mijn rechterarm wil niet bij me horen, ik wil niet bij mijn rechterarm horen. Ik ben onrustig, kan me niet concentreren, dwaal door het huis, wil me verstoppen maar mijn lichaam achtervolgt me in elke uithoek. Ik ben soms zo bang van dit mijn lichaam. Ik wil niet naar het ziekenhuis, ik wil niet slechter, ik verlang naar het ziekenhuis, ik ben bang. Het ziekenhuis is de plaats waar ik het compromis componeer, maar ik wil verdomme helemaal geen nieuw compromis, het ging goed zoals het was. Praktische problemen lijken onoverkomelijk. Wie zorgt er dan voor Kim als ik het ziekenhuis in ga, en wie geeft de planten water? De tuin moet met dit warme weer elke dag besproeid. Mijn ouders gaan over twee dagen op vakantie en ik wil ze niet opzadelen met zorg om mij. Ze logeren overmorgen hier. Hoe houd ik dit verborgen zonder te liegen, hoe lieg ik zonder ze te bedriegen? De praktische problemen zijn een kapstok voor mijn paniek; bliksemafleiders. Ik huil maar steeds, en Kim komt telkens naar me toe. Ze is vandaag opmerkelijk aanhankelijk. Ze proeft mijn angst. Is er niet iemand die me wil instoppen, die me gerust kan stellen, die me wiegt en vasthoudt en mijn arm met meer overtuigingskracht kan toespreken dan ik zelf nu kan opbrengen? Die me koestert, en op mij durft vertrouwen nu de bedriegertjes weer de kop opsteken? Is er iemand die mijn val kan helpen stuiten?

    Ik bel vrienden en vriendinnen. De helft is op vakantie. Jos spreekt me moed in. Liesbeth staat binnen tien minuten bezweet van het harde fietsen voor de deur en houdt me overeind en veegt mijn neus af. Ze zegt dat ze graag mee wil om me naar het ziekenhuis te brengen en dat Kim bij haar mag ook al is ze allergisch voor katten. Ik pak mijn pyjamaatjes en een stapel ongelezen boeken in en breng mijn vluchtkoffer in gereedheid. De zoute drop niet vergeten. Morgen zal ik het ziekenhuis bellen. 's Avonds belt Chris K me uitgebreid, Chris die minder geschrokken is van mijn huilbui op zijn antwoordapparaat dan ik schaamrood vreesde maar vooral verbaasd is dat ik dat niet eerder gemeld heb, dat van die ruzie met die dode arm.

Dinsdag is mijn rechterarm nog zwaarder. Ik bel mijn neuroloog, die belooft zo snel mogelijk iets te regelen. Al twee uur later komt er een telefoontje van de afdeling dat ik morgenochtend mag komen. Jos belt, Liesbeth komt, vrienden bellen. Ik bel mijn ouders.

Het vangnet sluit zich. Ik val, ik val altijd, ik val onverwacht, en mijn val is zacht. Ik val in een gespreid bedje. Ik mag bovendien naar het ziekenhuis, waar ik mijn lichaam eindelijk uit handen kan geven, en mijn vrienden mogen mee. Ik krijg straks veel bloemen en veel bezoek.

Liesbeth brengt me weg.

Het ziekenhuis is een ramp. Ik zak voor veel testen. Mijn benen zijn zo slap dat de stok me niet overeind kan houden. Bij een kuur knap ik gewoonlijk op de derde dag enigszins op; op de derde dag wordt ook mijn linkerarm onhandelbaar zwaar. Met de dag word ik slechter. Ik kan nauwelijks nog tillen of vasthouden, mijn greep raakt verslapt.

Er komen veel dierbaren op bezoek. Chris K zegt me dat ik maar veel testjes moet herhalen, om te zien hoe het ermee staat. Nee, liever niet: dat betekent elke keer weer nul op rekest krijgen. Alsof je je telkenmale opnieuw laat afwijzen door iemand die niet om je geeft. Mijn lichaam houdt niet meer van me. Jos komt 's avonds laat stiekem op bezoek en we drinken samen een fles rode wijn leeg. Ik houd niet van rode wijn, maar aan zulke details hecht ik momenteel niet. Jos snapt mijn paniek zonder enige vorm van uitleg. Liesbeth komt elke dag, met steeds weer nieuwe cadeautjes en verhalen over hoe het gaat met Kim. Ze heeft ruzie op haar werk omdat ze tussendoor spijbelt. Pinkel neemt zelfgeplukte bloemen en cassettebandjes mee.

Ik heb een kamer alleen en doe de hele dag niets dan lezen. Zodra ik daarmee stop lopen mijn ogen immers over. Wanneer ik af en toe naar de conversatiekamer ga voor een sigaret, drupt het water uit mijn ogen, een gestage stroom tranen die geluidloos over mijn wangen rolt. Drup. Drup. Drup. De overstroming stokt alleen wanneer het infuus mijn aderen in druppelt. Nutteloze recycling. Elke dag krijg ik er nieuwe gevoelsstoornissen bij en boet ik aan kracht in. Mijn bloeddruk is dagenlang schrikbarend laag en blijft zakken: vijftig over zeventig, vijfenveertig over vijfenzestig.

Er klopt niets meer van mijn lichaam.

Na een week ga ik naar huis: de kuur is over, langer blijven is zinloos. Ik vraag de zaalarts wat ik moet doen, wat zij kunnen doen als de verslechtering blijft doorgaan. De zaalarts zegt dat er misschien een nieuwe NMR-scan gemaakt moet worden. Ik begrijp de hint.

Liesbeth haalt me op. Ik heb meer bloemen gekregen dan ik dragen kan. Ik kan niets dragen, en bedelf mijn schoot ermee. Ik ben overladen met bloemen. Liesbeth blijft de hele dag, Anneke komt en leest me voor en sjouwt met koffie. Ik kan haast niets. 's Avonds belt Christiane, ze had mijn kaartje gevonden en had het wel een goed idee gevonden dat ik ging uitrusten in het ziekenhuis. Als ze hoort hoe erg het is vloekt ze. Ze komt morgenavond koken, belooft ze.

De volgende morgen komt Carly me halen. We gaan met een taxi de stad in, voor afleiding en taart en omdat ik buiten minder makkelijk huil. Zij duwt mijn stoel, ik krijg hem zelf nu met geen mogelijkheid vooruit; mijn handen liggen machteloos in mijn schoot, mijn ogen lopen weer vol. Ze hijgt en puft van inspanning, ze heeft de laatste twee weken last van astma. Een meneer die ons passeert en haar ziet, mij ziet, zegt op versierderstoon: »Leuk hè, om zo geduwd te worden...!« tegen mij en likkebaardt naar Carly. Een paar seconden lang weten we niet of we moeten schelden of huilen; perplex en met open mond kijken we hem na, aarzelen een moment en krijgen dan zo vreselijk de slappe lach dat ook Carly moet gaan zitten. Zo misplaatst is een opmerking zelden.

'sAvonds komt Christiane. We maken eten klaar: Christiane kookt, ik snijd een paar slablaadjes. Na het eten willen we koffie, maar uit solidariteit heeft mijn koffiezetapparaat het begeven en moet het ouderwets. Laat mij maar, zegt Christiane, die zware ketel is niets gedaan, en giet met veel aplomb water in de filter die omvalt, over mij heen, over haar heen, over de grond heen. Christiane is een ervaren buddy. Overal ligt koffiedrab en ik vind die chaos wel gepast; laat alles ook maar omvallen en instorten. De rotzooi maakt ons giechelig triest. We balanceren. We doen er nog maar een schepje bovenop, want alleen wanneer je het aandikt valt het uiteindelijk weer mee, en met natte ogen smeren we strepen koffieprut op elkaars gezicht. Christiane dweilt en zet nieuw water op; wanneer ik een poging doe koffie te zetten, valt ook bij mij de filter om. Christiane stuurt me naar de kamer en maakt nieuwe koffie. Als een officieel bevoegd persoon ons zo samen doende had gezien, waren we zonder twijfel allebei wegens wangedrag ontslagen. Chris is even ongeschikt om buddy te zijn als ik om patiënt te wezen. De rest van de avond slijten we met gesprekken, veel drank en een toast: Christiane ontdekt halverwege die avond dat haar nephuwelijk vandaag drie jaar oud is en dat ze binnenkort mag scheiden van haar schijnrus. Die avond val ik voor het eerst grinnikend in slaap.

Niets kan ik op dit moment. Al mijn bewegingen zijn traag, ik ben in een loden deken gewikkeld. Wanneer ik snel beweeg snap ik niets meer, lijk ik om te vallen en onttrekt mijn lichaam zich aan het laatste restje onderling begrip dat we wisten op te brengen. Een boek lezen gaat niet langer, de letters zeggen me te weinig. Ik vul mijn dagen met vrienden, met telefoontjes en de krant. De rest gaat mijn vermogen te boven.

Mijn handen doen het niet meer. Over elke beweging moet ik nadenken, ik weet niet meer hoe het ook al weer ging. Mijn lichaam is zo vreselijk vergeetachtig. Mijn vingers vallen steeds tegen mijn handpalmen aan, en ik merk bij verstek dat ik vroeger net zoals iedereen altijd mijn vingers iets spande, dat vingers gewoon zijn een houding aan te nemen. Bij mij is de grondspanning kwijt; mijn handen liggen dood op tafel. Kopjes en glazen moet ik met twee handen beetpakken; wanneer ik mijn tas wil openmaken om een taxichauffeur te betalen of mijn shag te pakken, vouwen mijn vingers zich steeds dubbel. Kleingeld uit mijn portemonnee halen lukt maar ternauwernood en duurt vijf minuten. Ik kan flessen en deuren niet open krijgen en mijn haar niet kammen.

Niets kan ik op dit moment. Ik krijg mijn stoel niet vooruit, ik kan mijn handen niet gebruiken om op te staan en moet mezelf op mijn ellebogen omhoog duwen, ik kan uitsluitend dingen optillen die lager staan dan ikzelf; een voorwerp op gelijke hoogte moet ik eerst naar me toe trekken voor ik het omhoog krijg. Mijn ellebogen boven schouderhoogte heffen is een tour de force; alle communicerende vaten zijn in de war, door mijn aderen stroomt tegendraads vloeibaar lood.

Mijn armen schokken. Elke spier die ik aanspan stribbelt tegen. Alles is zoveel zwaarder dan anders: de koffiepot, een lege fles, een boek. De wereld heeft teveel gewicht gekregen. Liesbeth rijdt me naar de supermarkt om samen boodschappen te doen, en ik krijg zelfs de grapefruits niet uit de vakken. Ze 's morgens pellen kost me een kwartier. Ik ben uitgeput als ik klaar ben met ontbijten.

    Bij het minste of geringste ben ik in tranen. Mijn ogen druppelen vanzelf. Arme hemeldochters, ze moeten om mij flink wat overuren maken – maar wie deed nu wie iets aan in dit geval? Leed en verdriet zijn niet altijd verwijtbaar.

Na een week knap ik nog niet op. Zo wil ik niet. Zo kan ik niet. Tegen Antoine zeg ik dat het misschien tijd wordt de Wittenburgergracht in te rijden; daar zou ik maar even mee wachten, zegt hij, en plaagt dat ik dat nu bovendien niet eens kan, wat waar is. Daarna sleept hij me mee naar de bioscoop. Het is Pinksteren. Liesbeth en ik eten asperges terwijl het buiten onweert. De liefde, hoe moet dat met de liefde... wie wil me zó ooit nog hebben, zo'n superkneus, zo'n invalide meid? Ik word een blok aan ieders been, iemand voor wie gezorgd moet worden en die zelf haast niets meer te bieden heeft buiten misschien een aardig gesprek. Ik word iemand die steeds maar vragen moet. De volgende dag komen Anneke en Christiane, en ik biecht op dat ik voor het eerst in mijn leven zou willen dat ik aids had in plaats van ms. Aids is tenminste eindig en duurt niet zo lang. Ik kan toch niet nog vijfentwintig jaar verder met zulke handen? Ik krijg op mijn donder en word vastgehouden. Ze spreken me moed en troost in.

Faraday's netwerk

Als ik zo blijf moet ik een elektrische stoel bestellen. Ik kan niet voor ieder wissewasje vragen of iemand me haalt of brengt en duwt, ik moet iets van mijn zelfstandigheid overeind houden. Een elektrische stoel – ik ben zo gewend het voorvoegsel *rol* weg te laten, dat het lang duurt voor de wrangheid van de manier waarop ik het ding betitel tot me doordringt. Een elektrische stoel. Dat is pas écht invalide, dat is erger dan gehandicapt. Een elektrische stoel, de schopstoel, de genadestoel, de laatste redding. De elektrische stoel, om in leven te blijven. The Mercy Seat, zingt Nick Cave. The mercy seat is waiting and I think my head is burning; in a way I'm yearning to be done with all this measuring of truth; an eye for an eye, a truth for a truth; my body is on fire and I am not afraid to die.

Maar wat voor elektrische stoel dan – de scootertjes zijn vreselijk lelijk en ook voor gewone mensen niet te tillen, die kunnen trams niet in en trappen niet op. Er zijn van die piramidewagentjes, die ogen nog wel redelijk, maar hoe krijg ik in hemelsnaam mijn gewone stoel mee? Die kan ik er toch niet intillen? En die moet mee, want anders moet ik eenmaal ergens binnen maar steeds lopen en dat gaat de laatste weken ook niet bijster. Ik val, ik val maar steeds.

Met vrienden overleg ik. Christiane is monter als altijd, en zegt dat we wel iets verzinnen; we komen er wel uit. En anders kopen we toch zelf iets, iedereen legt wel geld bij.

Anneke heeft bedacht dat de stadsreiniging van die handige karretjes heeft, kunnen we er niet zo een op de kop tikken en daar zelf aan sleutelen? Ze weet wel iemand die dat kan, en zij wil hem graag beschilderen. Die karretjes zijn bovendien groot genoeg om haar en de anderen mee te nemen. Chris K meldt dat je eigenlijk heel veel van zulke wagentjes ziet, die piramide-autootjes; nu hij erbij stilstaat, er zijn er écht veel, hele files heb je ervan, ze verstoppen feitelijk alle wegen in de stad, dus waarom zou ik ook niet? Carly bedenkt dat ik misschien een motor met zijspan moet kopen, dan kan de gewone stoel in het zijspan, en mijn rijbewijs betalen we met ons allen wel. We overleggen; in scherts, maar met een serieuze ondertoon. Iedereen doet zijn best om de overstap naar een elektrische stoel zo klein mogelijk te maken.

Mensen die ik niet goed ken bieden zich ongevraagd aan voor eventuele hulpschema's en boodschappendiensten. Zoveel vrienden die komen en bellen en helpen en koken en afwassen. Dat brengt iets teweeg. Terwijl mijn lichaam volledig ontspoort en zich aan ieders greep onttrekt en ik radeloos word, zijn mijn vrienden en vriendinnen er. Ik voel me, heel bizar en paradoxaal, domweg idioot gelukkig. Vanwege mijn vrienden. Hun zorg, hun vertrouwen, hun aandacht, hun – het hoge woord moet eruit – hun liefde.

Die kalmeert. Die maakt de paniek niet minder groot, maar wel onschatbaar veel draaglijker. Behalve een individuele betekenis heeft ziekte een sterke sociaal beladen kant, een kant die doorgaans zwaar onderschat wordt omdat iedereen zich zo fixeert op de lichamelijke aspecten ervan: de sociale kant is die van het isolement, van niet meer mee kunnen, van niet meer mee mógen doen. Van geen echt mens meer zijn maar een medemens. Van maar half tellen. Mijn vrienden houden me overeind, trekken me overeind. Mijn benen zijn slecht maar op hen kan ik staan.

Het heeft te maken met troost. Met een arm om me heen en meehuilen. Met valse grappen. Met het feit dat in De Balie per ommegaande een traplift werd besteld. Met boodschappen halen en eten klaarmaken. Met telefoontjes. Met de wetenschap dat ik niet de enige ben die schrikt en bang is. Met hun rotsvaste vertrouwen dat ik het ook deze keer wel weer red, desnoods met onwillige en recalcitrante armen – hoewel *ik* daar soms aan twijfel, en hun vertrouwen me soms ook angst inboezemt en intimideert, en ik heus niet weet of het déze keer lukt. Het heeft te maken met het meedenken over hoe het in praktische zin verder moet, in geval van blijvende nood. Met het gevoel leuk te kunnen blijven, door mijn vrienden krachtdadig bij de les gehouden te worden; bij het leven gehouden te worden. Het heeft te maken met het gevoel dat als je dan tóch niet anders kunt dan vallen, je in ieder geval zacht valt want opgevangen wordt.

En dan, na tweeëneenhalve week van paniek, merk ik op een ochtend verbetering. Ik heb net iets meer kracht, beweeg me trefzekerder; de wereld draait minder om me heen wanneer ik mijn hoofd wend.

In een week tijd knap ik op. Mijn handen trekken langzaam bij, en aan het eind van die week kan ik zelf weer met de rolstoel op stap. Wanneer ik bij Anneke in de winkel kom en haar vertel dat ik zonder hulp – dat wil zeggen: met de gewone hulp, met die van de toevallige voorbijgangers, met de hulp die ik altijd al regel – naar de winkel ben gekomen, valt ze me om de hals. Ik bel iedereen op, weet me geen raad met mijn geluk.

Begin juli geef ik een feest. Een feest, niet omdat ik bijna weer de oude ben, hoewel in een paar weken tijd een stuk grijzer – maar een feest voor mijn vrienden en vriendinnen, voor mijn vangnetwerk. Iedereen benadrukt telkens maar weer hoe goed *ik* het toch doe, hoe opmerkelijk ik omga met mijn ziekte, met mijn handicap. Ik pruttel dan gewoonlijk wat tegen, probeer vruchteloos uit te leggen dat dat maar één kant van het verhaal is – de andere helft is dat ik zo kan functioneren dankzij *anderen*. Om preciezer te zijn: dankzij mijn vrienden, en hoe die me opvangen. De laatste weken hebben dat ingrijpend onderstreept. Ze vormden een woud van schouders. Het onweerde in mijn lichaam, het weerlichtte in mijn hoofd, en mijn vrienden vormden een kooi van Faraday.

Ik ben opgeknapt.

De deur naar de paniek kiert tegenwoordig meer dan vroeger. Maar pas wanneer ik op de grond lig houd ik op: zolang ik val is er nog beweging.

februari – september 1992
maart – april 1993

Epiloog

Ik schrijf. Ik publiceer regelmatig over ziekte en gezondheid, en de implicaties daarvan. Ik heb zelf een ziekte.

Die zaken bijeengenomen maken dat het voor de hand lag dat ik ooit een boek zou schrijven over mijn eigen ziekte. Het is me meermalen gevraagd, maar telkens weigerde ik, juist omdat het teveel voor de hand lag. Er zijn talloos veel varianten op het thema »ik en mijn ziekte« verschenen, boeken die doorgaans worden gekenmerkt door een vast stramien: het verlies van de gezondheid, waarna verlies van werk, verlies van de geliefde of juist de verdieping van de relatie volgde, eventueel gelardeerd met de voldoening die god of het volkstuintje schonk en – in enkele gevallen – de glorende hoop op verbetering.

Over ziekte zijn echter ook andersoortige verhalen te vertellen. Kleinere verhalen: over wat er zich nu precies in je lichaam afspeelt en hoe de verhouding tussen denken en doen zich wijzigt wanneer je lichaam zich onwillig betoont. Grotere verhalen: over de sociale context waarin ziekte zich afspeelt en hoe zieke en gezonde mensen elkaar bejegenen. Het belang van juist zulke verhalen bleek me wanneer mensen me vroegen opheldering te geven over mijn eigen verstandhouding met mijn ziekte; een onderwerp dat regelmatig terugkwam naar aanleiding van de discussies over de orenmaffia en het kwakdenken. Men vond mij uitzonderlijk. Men vond mij een ongewone gehandicapte. Ik niet, ik wist niet beter en kon niet anders doen dan ik was, bovendien: ik rommel maar wat aan – maar wanneer ik probeerde de vermoedelijke redenen uit te leggen waarom ik op mijn handicap reageerde zoals ik reageerde, waarom ik was die ik was, raakte ik alras verdwaald in een woestijn van woorden. Er gaapte een groot en onverkend terrein van verschil dat niet zomaar viel uit te wissen. Vat maar eens in tien zinnen een proces van jaren samen. Vertel maar eens waarom je er zo alert bij zit in je stoel en blikken op straat altijd beantwoordt. Leg maar eens uit waarom vrienden onmisbaar zijn.

Door die vaak onbeholpen gesprekken nam gaandeweg de gedachte vorm aan dat er misschien toch veel te vertellen viel. Over het Repelsteeltje-effect. Over de mogelijkheid eindelijk zeemeermin te zijn. Over de Geheime Club van mensen in een rolstoel. Over kneuzenhumor en spotzucht. Over Faraday's netwerk. Over kunstjes met panters.

Toen ik eenmaal besloten had dit boek te schrijven, doemde een nieuw probleem op. Mijn ziektegeschiedenis is in zekere zin een *verhaal* geworden. Ik heb een standaardversie die ik op verzoek vertel; daar zit weinig beleving meer aan vast, op maat geraakt en geritualiseerd als de onderdelen ervan in de loop der jaren zijn geworden. Ik denk niet meer na bij wat ik vertel want ik vertel altijd hetzelfde. (»Ik werd halfblind, wat na vijf of zes weken vanzelf overging; niemand kon zeggen waarom. Een jaar later kreeg ik griep en daarna...«)

Ditmaal was het juist niet de bedoeling de geformaliseerde versie te vertellen; en ik wist op voorhand niet zeker of ik de angst, de onzekerheid, de paniek, de verwarring en de vragen weer kon opdiepen en ze bovendien zo overtuigend en levensecht kon weergeven als ze mijzelf indertijd waren voorgekomen. Dat is een vraagstuk dat stijl en taalgebruik overstijgt, het is een kwestie die verband houdt met hoe wij herinneren. (Bij sommige foto's uit mijn kinderjaren weet ik niet meer of ik me die episode herinner, waarbij deze foto als focus of als katalysator voor het geheugen dient, of dat ik me de verhalen herinner die mij naar aanleiding van deze foto zijn verteld. Ik geloof dat me hoofdzakelijk de *verhalen* bijstaan die ooit zijn verteld, door mij of door een ander. De gebeurtenissen zelf liggen inmiddels diep verstopt onder al die verhaallagen. Misschien zelfs zijn de verhalen intussen belangrijker geworden dan de gebeurtenissen ooit waren. Misschien bestaan de gebeurtenissen allang niet meer en bestaat de geschiedenis uitsluitend uit verhalen en een handvol relikwieën.)

Delven in mijn recente geschiedenis bleek makkelijker en ingrijpender dan ik me had voorgesteld. Bij het graven in mijn herinneringen, de fotoboeken en de agenda's uit de betreffende periode naast de computer om de chronologie te helpen ordenen, kwamen opeens hele brokstukken terug die ik glad was vergeten. Ik droomde over mijn ziektegeschiedenis, ik bibberde soms achter de computer terwijl ik probeerde na te gaan hoe ik me indertijd had gevoeld – ik voelde het namelijk ineens weer, niet in de zin van de lichamelijke sensatie van dat moment of van de paniek die me indertijd soms kon overvallen, maar in de betekenis dat de ervaring opeens van het patina van het verhaal was ontdaan en intenser werd. Of misschien vertelde ik op zo'n manier dat ikzelf overtuigd raakte.

Er is één passage, in het hoofdstuk *In vrije val,* waarin tijdsverschil geen rol speelt: gebeurtenis en verhaal gaan daarin gelijk op. Ik ben gewoon om in gedachten te proberen te verwoorden wat ik precies denk en waarom. Ik probeer woorden te vinden voor gedachten, reacties en sensaties. Ik val zelden samen met mezelf: ik doe aan participerende observatie. Ik ben altijd dubbel. Dat duiden en vertellen vindt vooral plaats tijdens de meer hevige momenten – het gewone valt ook mij zelden op.

En zo kwam het me heel natuurlijk voor om, toen ik die ochtend in mei wakker werd en ontdekte dat mijn handen en armen dienst leken te weigeren en de schrik in me opwelde, achter de computer te gaan zitten en op te schrijven wat ik dacht en voelde. Gedeeltelijk omdat het schrijven me hielp de angst in toom te houden, gedeeltelijk omdat ik meende dat zo'n heet-van-de-naald verslag het boek goed zou doen. Door een waas van tranen heen schreef ik; soms beteugelde het schrijven de paniek inderdaad, soms werd die daardoor alleen maar tastbaarder omdat ik moest opschrijven waarvoor ik nu feitelijk bang was.

Nu heb ik mijn ziekteverhaal geschreven: de autobiografie van mijn lichaam. En ontdek ik tot mijn verrassing dat ook deze tekst inmiddels is gestold, en dat terwijl het manuscript bij de enkele intimi die ik het laat lezen een warboel aan reacties en gevoelens losmaakt – een kluwen van medeleven, inzicht, verwondering, glimlachjes en angst –, ikzelf inmiddels opnieuw naar een *verhaal* kijk. Trots ben op mooie zinnen. Me vergenoeg wanneer een passage een ander doet sidderen, omdat ik door mijn woorden mijn ziekte tastbaar heb kunnen maken voor een ander. Het woord werd lichaam, en het lichaam weer woord. Cirkels hebben de neiging rond te willen zijn.

Of zich fysiek te manifesteren. Sinds oktober 1992 heb ik een permanente blinde vlek in mijn rechteroog. Op straat kan ik de gezichten van mensen niet altijd goed onderscheiden.

    Er komt geen einde aan de verhalen.

Verantwoording

- De medische gegevens over ms in het hoofdstuk **De macht van woorden** zijn een bewerking van een paragraaf uit *Het strafbare lichaam*, uitg. De Balie, Amsterdam 1992 en Rainbow, uitg. Maarten Muntinga, Amsterdam 1992.
- De hoofdstukken **Denken en doen**, **Beginnersgeluk** en **Binnenstaanders** bevatten passages die zijn gebaseerd op *Aan hartstocht geen gebrek. Handicap, erotiek en lichaamsbeleving*, foto's Gon Buurman en tekst Karin Spaink, uitg. De Brink / Ploegsma, Amsterdam 1991.
- Het hoofdstuk **Strafbaar en slapeloos** verscheen eerder in *De Groene Amsterdammer* van 24 juli 1991 onder de titel **M'n rug op!**
- Passages uit het hoofdstuk **Rock 'n roll** verschenen eerder in columns in *De Helling*.
- Het hoofdstuk **Ziektewinst** was een gesproken column op een conferentie over aids op 23 juni 1993 en verscheen op 26 juni 1993 in *de Volkskrant* onder de titel **Een regenboog van tranen en grimlachjes**.
- De passage over ziekte als verstandshuwelijk en de kans op scheiding in het hoofdstuk **Aardbevingen in Limburg** verscheen in een eerdere versie in *Trouw* op 19 december 1992, als antwoord op een lastige vraag van Max Frisch.
- De uitleg van de gedachtengang van orenmaffia in het hoofdstuk **Trokken wij ten strijde, met vlammende pen** is samengesteld uit fragmenten uit *Het strafbare lichaam*.

Adressen en informatie

De **Multiple Sclerose Vereniging Nederland** is kort geleden gefuseerd met de **Landelijke Belangenvereniging voor mensen met ms**. **De ms-vereniging Nederland** geeft een blad uit onder de titel **MenSen**.

ms Vereniging Nederland
Postbus 30470
2500 GL Den Haag
070 – 3 50 07 74

De **Stichting Vrienden ms Research** zamelt geld in teneinde wetenschappelijk onderzoek naar ms te financieren, en stelt zichzelf daarnaast ten doel de samenleving informatie te geven over de medische aspecten van de ziekte. De stichting wordt terzijde gestaan door de **Wetenschappelijke Raad ms**, waarin de weinige deskundigen die Nederland op dit gebied telt zich hebben verzameld, en die advies uitbrengt over aangevraagde onderzoeksprojecten. Onderzoek naar ms is deels afhankelijk van giften.

Stichting Vrienden ms Research
Scheveningseweg 56
2517 KW Den Haag
070 – 3 55 71 83
gironummer 6989

De **Nederlandse Hersenbank** geeft een codicil uit waarmee de ondertekenaar toestemming geeft zijn of haar hersenen beschikbaar te stellen voor onderzoek. De Hersenbank richt zich behalve op onderzoek naar multiple sclerose tevens op onderzoek naar Alzheimer, ALS, ME, Parkinson etcetera. Aangezien elk stukje »ziek« hersenweefsel uitgebreid vergeleken dient te worden met gezond weefsel, is het absoluut noodzakelijk dat ook gezonde mensen zich als donor aanmelden. Voor de financiering is het Herseninstituut deels afhankelijk van giften.

Nederlands Instituut voor Hersenonderzoek
Meibergdreef 33
1105 AZ Amsterdam
020 – 5 66 55 00
gironummer 2167378